2021 · 1　Chinese Poetry

行行重行行

主编 张执浩

长江出版传媒　长江文艺出版社

contents

目录

开卷诗人
- 004　　谢君　作品
- 024　　吴素贞　作品

诗选本
- 046　　苏隐没　小古　秋子
- 065　　马雨林　嘉阳拉姆　龙少
- 082　　董晓静　李柳杨　蒋鸟
- 094　　胡翠南　任小暖　韦白
- 110　　张珊珊　张永伟　王小拧
- 126　　泉声　安然　吴少东
- 139　　罗秋红　黄明山　黎阳
- 156　　海湄　夜鱼　夕夏
- 173　　张晓雪　李双　荣荣

诗歌地理
- 193　　汤养宗　作品选
- 202　　纳兰　语言魔术师
- 213　　潘洗尘　作品选
- 225　　树才　洗尘和他的深情诗学

草树专栏
- 230　　语调之摆

杨碧薇专栏
- 250　　日常性与传奇性之间的摇摆

编委会

（以姓氏笔画为序）

王光明　邓一光　叶延滨
吉狄马加　李少君　李　蓉
吴思敬　商　震

名誉主编　邓一光
主　　编　张执浩
主编助理　林东林
编　　辑　小　引
　　　　　艾　先
编　　务　万启静
艺术总监　川　上
美术设计　杜　娟
封面设计　祁泽娟

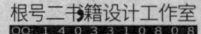

法律顾问
金　岩（湖北今天律师事务所）

开卷诗人 Open Page

谢君 作品　　吴素贞 作品

谢君作品

推荐语

谢君诗歌最让人着迷的地方其实是他的躁狂之处,忽而直奔空蒙之境,时而又低到尘埃中去,这种混乱、矛盾和挣扎使他的写作充满了破绽,又显得生气勃勃。在谢君那里,天马行空的想象力与近乎刻板的写实能力,经常相互杂糅交织,却能够达至浑然一体的效果,这使得他的文本具有自圆其说的偏执力量,这得益于诗人成熟而圆润的诗歌技艺。

张执浩

跟很多诗人一样,谢君对诗歌有着很多个人的想法和观念(而且我也相信他同时针对各种各样的想法在私下里做过各种的实验),但是在这些呈现给我们的文本里,他成功地把这些想法和观念的纠缠以及不确定,藏在了文字的背后。也就是说,在经过大量的阅读和思考以及实验之后,他自我选择了朴素和内敛、客观及日常——虽然有时也会暴露出一点点他某种程度上对学院气息的趋同和骄傲(这点可能他自己不会认同)。在这点上,谢君是个值得一再研读的诗人,而且他对诗歌本源的追溯应该让所有的写作者借鉴。

艾先

谢君的诗歌具有老照片翻新之后的某种质地和纹理,既是灰白调的又是蓝调的,既是记忆的又是当下的,既是家园的又是荒野的,冷寂和暖融交织,抒情和叙事并存,故我和今我同在。当那些繁密而遥远、在场而离场、实在而虚在的内容图景被他重建还原出来之后,他就隐匿了,或者说逸出了,只是悄然留下了他想为你留下的东西——相比于那些内容图景,他更愿意为你提供的其实是窥看那些图景的方式——一个散碎而又整体的万花筒式的入口。

林东林

我喜欢谢君的诚实与天真,也偏爱他诗中闪烁的光明与忧伤。对于当代汉语诗歌而言,谢君的存在,其实暗示着某种不为人知的传承与脉络。我们甚至可以从他的诗上溯到王维,到陶渊明,到江浙一带偏僻的小山村中,孤灯下书写人世的某个乡村教师。那是另外一种透彻和明亮,虽然落寞无助,其实心怀四海。中国诗歌幸亏还有这样优秀的诗人——他或者她在转角处为后来者掌灯。许多年前,去过一次谢君的老家,我们在钱塘江边彻夜长谈,忧心忡忡于中国诗歌之现状。到如今年过半百,相互审视,发现世界依然纷乱,用他的诗来说:"两只橘子尽力了,谢谢!"

小引

诗　人

他是一头牛踏入世界的第一刻
他妄想为百万人写作
他成了为千百个人写
而没了妄想的人
他为亡灵书写也已感觉足够
他只追踪语言
他在潜水。水说好的
他以独有的孤独感穿行在大理石内部
他是一块大理石穿行于另一大理石之中

我在萧绍平原上看见云

我的心，就是在那一天创造的
当你写在天上
写在树上
写在所去往的地方
当你安静地
在我打开房门时突然出现
安静地禀有我的春天
薄雪、农场、新修的马达
这很好，但是
有一天你掉下了眼泪
打在我的小镇、我的屋顶上

蓝色十分钟

雨在走，小巷在走
一把蓝伞在走

伞下的人正在离去
上南门外坐轮船
去乡村养育孤独
每个世界都有孤独
也不止朴素的乡村
我的目光在走
我的房门哐的一声
我靠在那里十分钟
很棒的十分钟
哦，就是那样
伞下离去的是我的爱人

电话杆

列车穿行浙东，充满狂躁像大象
有一只飞蛾也非常大
杉木杆下我们靠得很近
问：这是开始吗
答：是的
是出于病态的寂寞
还是秋天的明亮
杉木杆没有声音
杉木杆的高度很高
横担布满闪亮的瓷瓶
遥远了我的闪亮
遥远了我的电话杆
你不难记，从扳道口起数
第10支，外壳冰凉
受神的派遣而将自己设置
在完美的地方，恒定，永远

橘子的微笑

我的母亲看见橘子的微笑
在她怀孕那年
初秋,
黄岩机场修筑完工
我的父亲在盼望中归来

满满的一网袋橘子
一齐奔流饭桌
涌动中有两只滚落地面

尽管那只是橘子
当它们加速赛跑时
你知道橘子的欢愉吗

世界,贫穷,
两只橘子尽力了,谢谢!

折叠梯

记忆比拥有重要。一头鹅会把
自己放到喜欢的池塘。
我曾把自己放在一棵树上
因为砸了别人家的水缸
母亲举着晾衣竿逼近
嗖的一声我蹿上一棵大树。
有助于上升的事物是美丽的。
所以我喜欢这样的时刻:
当你赤足把自己放在梯档上
缓缓上升,在空中抬着面孔。

你在寻找什么我不在意
因为你的名字已经被我
藏在一个我生命中
最隐秘的柜子,你再也找不到。

铁路桥

桥上是飞驰的鸣叫
绿皮火车笨重的绿色
瞬间去了远方
桥下是浪花吹送
飘移的黄沙船
悠然化为深秋的一片黄叶
我在桥的一侧
她在桥的另一侧
同步前进擦着钢铁桥身
走不多远
咣当咣当的声响
使她注意到了我
我的注意力
也在她身上
一顶纺织女工帽
向我发出天蓝的光芒
(显然是她母亲的)
一个芳名高亚萍的女孩
我研究了她
她是永恒的细长吗
事实上也就五分钟不能当真
我们各在铁桥两侧
仅容一人通行的
水泥板甬道上

蒸汽时代的最高速度
在我们中间，令人惊异愉悦

银河系

我写了一首诗
像地铁一样好
可以携我轻快地穿行城市
因而我打算把它
栽种到地铁车站
对着过往的乘客轻轻微笑
说，下一站银河系
再下一站银河系
不要问为什么
每一站跳下去都是
银河系棒旋内
一个银白色的角落
如果我们以十万光年
作为人的心灵的光亮直径

太空漫步

也许我们都有一个永远不会死亡的朋友。
青少年时，馄饨店出来，撞上拖拉机
车头一直把人顶至一堵墙，结果
墙倒了，人没事。高中毕业
在公交公司，想赚点钱结婚
业余时间跑长途，货车开到
江西，起火，爆炸。车没了
人毫发无损，连自己都不信。

最近又出了事，不知怎么
离了婚，忧郁，从大桥上降落
但又救了回来。我刚想起
他的名字——石铁勇。
这名字隐藏着友谊在小镇
九十年代，我母亲上街
买一刀豆腐提两棵白菜回家
他母亲也买一刀豆腐放在
装着两棵白菜的篮里回家。
我们一起上初中，把书包
往右肩一甩，快速徒步像被
黄蜂追赶着，走着走着额上
有了一层柔软烟灰，水泥厂的。
我们也一起跳过舞，峙山下
神秘空地，不费吹灰之力
石铁勇将自己支了起来，用单手
还用一个下午教会了我太空漫步。

百雀羚雪花膏

我走得特别快，试图按下飞行按钮
但是按错了，于是
啪嗒，一朵雪花掉在脸上
追来的母亲揪住脖子以手覆脸
揉面。麻烦，我总是无法
接受这朵雪花，它叫百雀羚
——一只小铁盒子，蓝色扁圆
盖上绘着四只彩色小鸟
教人倾心。在时光的流逝里
青铜柱子被侵蚀了
理想的地平线被擦除了

但我还记得：每当雪花用完
母亲就去街上零打，柜台上搁着
玻璃罐，一个店员用竹片
挹出白膏，撇入自带的空盒
按分量出售，像零打白腐乳
那时的小镇也就一条街道
我们的命运在它怀抱中。命运
使我再也不能问候春天像
池塘里的一尾小鱼
因而令我怀念小镇的饮服店
而乘凉的夏夜，街头支满竹床
床头搁着一张小竹椅
男的躺竹床，女的坐椅子，打扇
男的睡了，女的放下扇子
男的醒了，女的继续打扇
夜深寂静时，男的女的头挨着头
泼辣的还会用手压住男的下身

山山水水

竹园的笋被锄，继而鹅被宰，母亲
在安排酒菜。天空空着，一只鹭鸟
出来填补，无须担忧扔下
课外作业，因为那是一只鸟。
一只鸟的遗憾是它不是
空中的第一只鸟，不是江水
掀起的绿裙。我咬着笔头
两岸青山分列如同唱诗班。
是山山水水粘在红色小镇上
还是小镇粘在山山水水中
这个问题一直无人问津

我也不想问津。鹅肉的香味
渐渐浓郁，蒸锅汩汩作响
炉子的慢火还在舔着。院门外
板凳两侧，我与妹妹席地而坐
摊着书包。晚间广播响起
小猪觑着门外呱呱叫了
母亲在食槽前训斥，母亲奋力
抹了桌面又在桌上摆出碗碟。
门敞开着，江水再一次掀起绿裙
父亲推着独轮车从镇外回来
草绿的解放鞋上粘着土黄
当他用力一蹬，泥巴掉了，星空
挂了出来。居首落座之后
他说满上，喝。把酒杯端得很高
对方一饮而尽。在浙东
他们是贩卖石灰石的兄弟
墙上挂着他们的竹壳凉帽。
白雾在室内奇妙缭绕，钟声
叮叮敲打，我的妹妹上楼去了
母亲的最爱爬上了杉木床。
夜晚冷清，父亲的声音
愈加响亮，嚷着倒酒倒酒
他的兄弟摆手申明不不不
我的母亲斟酒说多喝点。
广播息了，我只好爬去另一张
杉木床，一盏灯亮了又灭。
暗夜中列车隆隆驶过
狗在撕咬，豪饮还在继续
父亲喃喃自语酒酒酒
母亲低声说对对对，再喝点。
我趴伏着像在魔术师的黑箱子里
我在楼上睡着了

现在我仍喜欢趴伏也很快入睡
父亲却已对我沉默,世纪换了一个
我是父亲那一年的年龄了
我只记得父亲一生有过那么喜悦的一天

水泥车

我的妹妹说,母亲斜着身体走路了。
有时还能连续旋转几个圈子。
确然如此,和她相遇的汽车都表现出
中世纪绅士式的谦卑,仿佛
那摇晃着的是一台斜着橄榄形
搅拌筒的水泥车,只不过缺少
承载重量所需的橡胶轮胎。
大街明白,无论发生点什么事
损失惨重的只能是汽车。作为扰动
空气的方式,大街不会惊讶
她的到来,买菜买鱼,修补雨伞
跑去某个墙门寻找往事
搬桌子,套棉被,拉家常。或者
参加生物科技公司的绿色
保健活动,测血压,喝养生茶
去农庄占据两把座椅的位置。
那边的几棵大树因她的出现
而显得优雅了,这就是为什么
它们愿意任她依靠的原因。
有一天,她在电梯口喘息。
开门时,发现拖着两袋农副产品
哪来的,妹妹问。显然是定购的
凭优惠券,"人家都掏腰包买了"。
我陷入沉思,编了一个意外故事:

红绿灯口,有位大爷驮着
一捆白菜在自行车上晃着晃着
倒下去了。我不能告诉她这个感觉
——一台水泥车的感觉。这是
一个清楚的事实,她现在适合
待在家中。可她讨厌房间
我不会跑到台湾去,她说。
确实如此,她的一生在萧绍城乡
她的生命在孤独地等待运动
最佳方式是水泥车那样在路上闪动。
这很可能是阳光灿烂的一天
当她转向你——橄榄形的搅拌筒
不停旋转着,似乎是为了保证
砂石和水泥不致在浇注前发生初凝和离析。

2666

你是被用来发光的。这个周末是用来让
一个退休老人专注于晨报的
抬头持续两分钟,然后登上免费公交
在东门菜场西门菜场之间旅行。
最后他将提一把小菜回家。
一朵白云正以8字形飞行圈
神秘行进,并注视那些
不是机器人的机器人在高层建筑
极其精确地组装建筑组件。
在他们头顶黄色吊机的长臂
快速做了一个很大的旋转动作。
也许,这个周末是用来让一辆
救护车发声的。或者
让一头北极熊凝视世界

坐在数万公里外一座
逐渐缩小的冰山上。或者
让强子对撞机加速粒子
在日内瓦附近的地下隧道
模拟大爆炸后的宇宙初始状态
但有可能它在制造一个黑洞。
马路旁，有人在书报亭
翻动娱乐书刊看女人不穿衣服
但不久之后他将喂养手机里的
数字猪并在一片数字农庄施肥。
我在城区最自负的大厦内上升
即使2020的孤独对你说
2666仍将孤独。但是让悲观擦去
2021是不可以的。我也无法
穿越到3000年，所以很快
我将在大厦里咕哝咕哝请示
在一张黑色桌子前。所以很难说
我们不扎根在一个玻璃器皿内
真空、热度无法想象。很可能
我就是一条钨丝，具有
导体的属性，并且很早就被
物理学发现了，因为我是被
用来发光的。即使有一天
你按动开关时发现自己灭了
但是晃一晃可以重新搭上。如果
你的口袋确实装着一个不稳定甚至
焦虑的信号那么晃上一千华里也许它就掉了。

魔术火花

我全力以赴，坚定地把我一下午

钓上来的那条鲤鱼发射向太空,
让它飞一飞,钉入水波
生儿育女在荡漾中,
孤独在荡漾中
腐烂在荡漾中。
这时有个惊呼的声音"傻瓜"
那个来来去去的幽灵说:
"这条鱼聪明,知道
让自己落在一个傻瓜手里。"
斜阳离我越来越近
斜阳无论以何种方式转动,
都是一幅固定的孤独图像。
不知何时我才能找到
一把刀和这个世界的中心
我所渴望的不是那把刀
而是可以将它扔往世界中心
永远旋转,成为一朵魔术火花

我们都在种下一棵树

我种下一棵树。它的每一个枝杈
都有不同的悲伤的百分比。
我看到的每个人也都各有
悲伤的百分比。我就在这棵树下
写我计划中的五部长篇
像电脑屏保上那只静卧
非洲沙漠的长颈鹿。我保证
我的身体不转向我不需要的方向。
我保证把一棵树的悲伤
装入陶罐,罐口糊抹泥巴
形成帽式封盖,静置室内

留与未来。在天津
我的朋友胡志刚写了上万首诗
他写得很棒却无人谈论。
我感觉气愤,事实上也不是
气愤而是悲伤,他在另一棵
树下。很可能他现在正在那里
远距离地往银河系深处练习眨眼。

盾构机

声音有它自己所传递的重力,甚至悲伤
在这世界。有一天,一首老歌
回到了身边,我很熟悉
——"小小少年"。很多年前听过它
在晚春、农场、钱塘江畔
有人在唱。如果你能够给我三公斤
往昔的白云,并在棉田上倾斜
斜度九度,我可以给你
三小时零九分讲清楚我的记忆
但这也不会复活九十年代
以及那破碎的一天——
我走出场部,到二里外凝视公路上
卡车摇晃。黄尘吞噬天空
但没有来人。永远不是永远
这是后来的邮书告诉我的。我曾经
以为那将永远,但后来发现
永远不是永远,我曾经以为
那一天就要开始,但后来
发现那一天就是结束。阳光很好
但不得不说明媚已死。事后
我烧了信。我寄了一封信,它在

出发时因与战斧导弹碰撞了下
而身挂数千朵燃烧的火苗。
接下来的三十年,你的风景
已被隔离,在一座雪山上。
那很遥远,哪怕你是一只天鹅
在海拔数千公尺的清澈中
优雅地将头颈浸入纯净的雪湖
我也倾空了你,当我
阅读叔本华,推动文字如岩石。
某一天,黎明时分
专注于捕捉涓涓细流
在水龙头下,我忽然意识到
唯一聪明的事物就在身边
——一只铁皮桶,每天都在盛装。
世界不在这一秒,在下一秒
让我为自己构造一个论点:
成为船蛆,在江边一条孤独的
渔船内部独行,并排出
黏液加固洞穴。若干年后
已经21世纪,比20世纪更加困惑
困惑认为我们还可以继续接受困惑
困惑认为我们需要昏睡疗法
而无须知道距离天亮还差几个小时
困惑认为我最好寻找往昔在黄尘之中
因而我见了很多从未想过可能
见到的人,从黄河畔到西南边陲。
那是隐秘的欢乐,某一年
在田野考察微信群,我说。
有人回复,我们是时空穿越者。
有人说,我们是盾构机,
在地下二十米。那是昆明电信局的
一位兄弟,他提及了

风城狂飙,出于恐惧他放弃了
而我出发了。风城的狂飙
只有风城知道,这是魔力
由船蛆进化为盾构机也是魔力
它因庞大而可承受千斤顶
在尾部加压顶进,它酷爱
切削含水的砂层并释放火花
它痴迷于携带五米直径的
圆形刀盘以布律内尔法向前掘进。
少年瓦特如果坐在今天的水壶边
他必将首先制造盾构机,然后
才是蒸汽机。当然,我说的是如果
世界需要如果,我需要
成为盾构机,天赋的孤独或者说
暗能量有助于我打开全新的作业面
宽十二米,高六点八米
隐藏的风景承诺我去往任何地方
未知的光亮可以让我活在未来
而不是现在。但是,不得不说
有一片风景我没有如果,我无从抵达
有一天,在云南景洪澜沧江畔的
酒吧,一首老歌突如其来
它很棒,但已过时,令人黯然
令我冥想在旋转的蓝光中
并成为隐形人。这么说吧
如果你能给我找到一个黯然容量
最大的词,我可以告诉你
遥远之处,一朵四十五公斤的白云
停在我熟知的雪山山顶,轻盈
聪颖,但是我也不能完全排除它的
英年早逝,如果那座雪山是熊的住所。

在沂河两岸

与沂河合了张照,像跟
美好的异性一样。之后
坐在大桥上,用烟雾喂了
一阵天空,同时数清了
桥边卖鱼的摊位,18个。
2018年夏天,我在这里
田野考察,寻找两岸
村庄中的人物。
我的写作为亡灵而书
因而他们不是活人
最后一位死去也已距今20年
在我离开以后,我相信
他们的家人还将持续惊异数天

郯城红花埠

鸣蝉的身躯压着四片抛光的花岗石
蓝色的天空似乎比我
更善于冥想。1200华里之后
我遇见一棵银杏树
居住在沭河边
金黄,明朗,庄重
统辖着我的故友谢印德的空院
我坐下,瞥见一只泡菜缸子
两瓣圆耳,空置已久
这里是我所寻找的最孤独之处

苍山之忆

落日静止,坚固,黄泥巴的
滇缅公路上,汽车扬起黄尘
苍山下的小院内,采光
不良的阁楼上,我的兄长在写信
追逐州花灯团一位女演员
我的姐姐嗜书如狂,放歌
抗战歌曲,我的父亲研究汽缸
压缩比,以解决空气稀薄
导致的点火不良问题,母亲
割着鱼身,从下巴处打开
直到尾巴的分叉处,当晚霞
覆盖西方,晚餐端上桌子
彼此紧挨的酒瓶,仿佛一支
整齐的合唱队。是的,那里有
一种合唱仍在等着我,秘密地等着

一平浪火车站

我记得一平浪火车站,天一亮
列车驰来,我挥动令旗
车窗内的旅客瞥上一眼
旋即遗忘,所有小站都是相同的一个

煤烟疾飞,生活在变慢
在遗忘,小卖部的女人
超自然静止着,像一只猫
趴在玉兰树下的柜台上

寂静的日子都是相同的
有什么值得惊奇之处?

一天，我攀上屋顶修漏
她突然起身为我递送新瓦

她倚在梯下，发丝飘拂
一个几乎无人光顾的小站
1965年8月25日，深夜，星星
美丽可数，我支边来到中国西南

屏边县

长长的边境河在日暮中
咯咯的笑声在水流上
她们都是会飞的姑娘
正值韶华的苗条身材
轻盈，带有翅膀
其中有一位叫齐九华
从遥远的丽江飞来
晚霞一样停落到了
1965年的中越边境
一个名叫屏边的地方
屏边的意思是边疆屏障
但当地人并不知道
是哪个国家的屏障
寨子以外的事情
他们只知道天上的云彩
云彩走过下一阵雨
一天云彩走过
好几回，就下好几阵雨

吴素贞作品

推荐语

吴素贞的诗曼妙，多情，伤感，诗中满是乡村记忆、田园风光。苍山虽高，高不过棺木，奶奶再老，也是一个人的母亲。在中国漫长的诗歌画卷中，擅长此类题材的诗人有很多，但如吴素贞这样在凝重与轻灵、回忆与现实之间自由穿梭的女诗人，并不多见。"一个为一只乳房守墓的女人"是撕心裂肺又隐忍不发的绝望，但我从这诗句中看到了她的纯真、渴望与期待。我相信诗人的悲伤与生俱来，我同时也相信，唯有被刀斧打磨过的事物，才能突破那些无助和虚妄，最终抵达人世间的真相。

小引

吴素贞是个学习能力很强的诗人，也具备了在学习中扬长避短的能力，同时还具备在学习对象基础上进一步提升的潜力。在这组作品中，她通过对一个小山村里群像细致的描摹，由小见大，为读者呈现了一幅我们当下时代的乡村浮世绘，这是文字在另一种向度的功用，也在一定程度上符合了我们对一种诗歌作品的期望。

艾先

诗歌可以承言词之轻，也可以载死生之重，吴素贞选择的是后一种。她的诗歌多取材于荒僻尘世间的那些无名之辈，多取情于他们灾劫流年里的那些亘古之痛，无名之辈的亘古之痛赋以了她的诗歌一种怆然孤绝的底色，而她的诗歌也为那些无名之辈的亘古之痛赋以了超越个体的烛照和普度。但设若能在诗歌中以言词之轻去稀释、点化乃至承载死生之重，则可能其重更重，也不失是对"重笔"和"重情"的一种调节，或许会另开一重新的局面。

林东林

吴素贞是一个有着很好语感的诗人，也是一位有着强烈风格意识的诗人。一般来说，大多数女性诗人更擅长处理个体精神层面的素材，而对社会性的素材选择规避，但吴素贞在近期的作品里进行了有益的尝试。准确地说，是淡化性别，趋于人性的尝试。我感兴趣的是，诗人在这批诗作中所采用的视角，不是旁观者，而是参与者的身份。克制而有效的白描手法，使得诗意不再是凌空蹈虚的东西，是参与生活的人在回味生活带来的各种滋味。

张执浩

苍　山

最老的人都躺在苍山，最好的
棺木都长在苍山，最高的碑
都立在苍山
苍山和村子一样老
上苍山的人都要自己去看一遍风水
就像奶奶那年，她扶着苍山一直找
最后找到朝阳，坡下有池塘
池塘边有一片梨树林的地方
然后坐下来。苍山仿佛巨大的怀抱
奶奶瘦小的身体一点点沉入
山下的村子
也跟着一点点抖动……

父亲背着奶奶缓缓下山
——多少年，我跟着父亲上苍山
下苍山。只有我知道，一个孤儿
多么希望
再次从苍山上背下自己的母亲

乡　音

乡下的穷亲戚发来丧音
老舅公独自一人在门槛旁死去
长指甲抓满泥土
蜷缩的形状像野兽
村民把他抱上门板
穿寿衣时
歪脖子怎么也扳不直

没有更多的话形容他的一生
最后他终于蜕下人身
回到一只兽。他在深夜独自爬行

用爪子刨地
我的穷亲戚到死也不敢冲进人群
他赶在人们发现之前
已经用爪子把自己埋了一次

快　照

我执意要给大伯大娘拍照
他们一生未有合影
刚从地里回来的大伯
面对镜头羞怯如孩子
他的双手反复揩拭的确良外套

大娘坚持拒绝。她的老态
一副举目无亲的样子
他们一起走到人生的暮年
却又似乎成了对方的敌人
他们咒骂对方费粮，早死
却又在乌鸦啼叫时
为彼此，用力赶跑它们

"那就为我照张遗像……"
大娘拢了拢头发
老年斑堆砌着褶子。我总以为
自己通晓这些老人们的感情
可只要稍作安静
一些回音就像枪弹齐发
镜头里，墙上的灰泥扑扑掉落

村　居

又摔断手臂
母亲懊恼自己的腿脚和腰

不能劳作时
她习惯默默收拾包袱回到苍山村

在那里她不会觉得自己无用
还有更老、更残的喜欢听她说话
我以为的悲哀
就是她们一遍遍聊着死去的人
这些孱弱的个体
已经接受了套颈的绳索

母亲却很适意。她用另一只手
给输氧的姑婆梳头
这个刚成为新寡妇的老女人
不断喊母亲的乳名
问母亲有没有看到她的老男人
母亲的石膏臂不停地抖
她为自己说谎,给不出一个拥抱
又心存懊恼,和罪意

与父饮

诗歌换酒钱。父亲的脸上
露出一丝骄傲
这是我第一次与父亲对饮
第一次以获奖的酒
敬他发酵的父爱与白发

辛辣里透出回甘
一杯下肚,他悔及未让我上大学
过早地品尝生活的辛酸
所幸,我成了一名诗人

沉默中他饮下第二杯
第一次和我谈起初恋,谈起

她银铃般的笑声
但很快收回了记忆的目光
落在灶台前母亲的身上

母亲手中叮叮当当
盖过了父亲的低语。快速冲我
眨了眨眼,父亲又一饮而尽
我错过了他的青年,所幸
没有错过他年少的瞬间

52度的特曲,头一回
让我们父女喝得像兄弟
只是我再没撒娇,说出生活中
呛人的辛辣
只是他一点点蜕下男人的铠甲
一点点在醉意中持续老去
他轻轻啜泣的时候
我多想成为他的母亲

证　词

我多写一人,我的村子
便在纸上比昨天大一点儿
我多记录一件事
我的村子便在一首诗中
比昨天更跳脱一些
把所有空了心的词
统统重新填满
我的苍山村便能在喘息中
人畜兴旺,骨血丰满

——我不断地写
不断地写
一个在地图上找不到的村子

我的祖辈曾定下祖制：
女性不能载入族谱
我害怕多年后
人们想起吴素贞
他们抱出厚厚的族谱
像在地图上寻找苍山村一样
最后：查无此人

托 孤

现在，他活的每天都是借来的
他向肺癌晚期借一天
先安顿疯癫的女儿，把她因失禁弄脏的裤子
被褥，清洗干净
送她入精神病院

再借来一天，为文盲的老妻
存下一些钱
封好存折、密码和医保卡
借来的第三天，他扶着树
在苍山选了一块地，靠近他母亲
还有半天，他进城打了一针杜冷丁
挑选寿衣和头像

第四天，他觉得是多出来的
他找到父亲，带来一块好木料
请父亲为他打一个骨灰盒
亲手刷上桐油，一遍
又一遍……那温和的颜色
他抚摸上面的名字
如托孤

清　明

泉水滴答一声
一块巨石在坐化中醒来
泉水再滴答一声
一片峭壁在坐化中松动筋骨
泉水再滴答一声
整座山便是鼓琴的高手

琴声悠扬，杜鹃花开
琴声悠扬，上坟的人止住哭声
琴声悠扬，躺在山里
沉睡的亲人依然不会醒来
——美好时辰，他们不愿
惊扰悠扬的琴声

母　亲

失去了儿子
和一只乳房。她的哭诉
越来越无助，干瘪。接近另一只乳房
几近崩溃

和母亲一样老。她撩起衣服
蛰伏在胸前的那条蜈蚣，没有老
它翻滚，扭曲，经年爬行

她不敢老
她必须停在为幼孙奔波、求人的年龄

我的双手，无力扶起眼前的任何一个
一位两手空空的母亲
一个为一只乳房守墓的女人

她哭着哭着，哭成一堵墙
最后扶着它
又独自慢慢站了起来

刀　锋

用刀劈自己的头。这是一个
男人爱
一个女人的方式。他躺在病床上
眼直勾勾盯住天花板

怨愤的女人别过脸。空气中渐渐
洇出对峙的殷红

——我也不敢吭声。盯着药
到病除的距离。一滴。两滴……
必须要
经过一段狭长的路
要接受尖针
楔入身体的刺痛和冰凉

我继续在邻床想着冰凉以后的温暖
痊愈——

一个男人和一个女人需要走多远
才能共同孕育三个子女
而一对夫妻需要相向多远
才会把爱，磨成一柄刀锋

水滴筹

救命声传到水滴筹。我很羞愧
苍山村加急的呼求，我再也听不到

我的发小，此时
小成一张照片
他举着另一张更小的照片
无神的光头试图藏在身份证后
仿佛这张身份证就是
打开生门的唯一钥匙

一个不打诳语的人
一个走投无路被预判死刑的人

我想起少年
看干土里不断摆尾的泥鳅
我们哈哈大笑
他在村里对着菩萨磕头时
也审视菩萨，却只有一句：
祝菩萨爷爷长命百岁

词　语

如果我活成了一堆词语
金字塔尖上站立的词会是哪一个
炸药包，悲壮
还是唯美却有着戏文的脸
是头猛兽的名称
还是寂静，或

只有寂静的本身。但抬高它的
定是许多词语的尸体
定有许多词语抬着棺椁向它起义

形容词反对动词
虚词抽打实词，叹词吞噬代词
这么多词，每一次举旗

就是成群的病句，就是一个我
痛击另一个我

——就是写诗的我
为一个词，我时时捂住灯盏
抽空黑暗。它是地壳运动，幸存者
是孤儿
敏捷大于一束光

不　惑

再加两个字，就暴露了年龄
那么，现在我应该可以从项上
取下枷锁，砸开套在脚踝的镣铐了

我的左肩应该放得下：得
右肩，也应该放得下：失
我的右眼看见苦，左眼也应该能
看见佛

但是为何，见到人群疾苦
我还是满身发紧
受到惊吓
还是一屁股坐地号啕大哭
而漫天繁星，我又能立即起身
手舞足蹈

哑巴婶

扛着锄头飞过山头，一年有
四百天。最早的蕨菜返青，勤劳的人
挖下它喂猪。蝴蝶
会爱上她的语言。她从不吭声

晨昏线掠过,她在烈日下、雪地里
坟头上
她在埋韭菜头的时候
一头栽进地里,韭菜花掩埋她
白花在溪边摇曳,第四百天的荒地里
长出一棵榉木、一张稀疏的脸。草地
嗖嗖作响,这悲哀的声音
到了一群蜜蜂身上,它们会爱上她的语言
那个疲惫的勤劳的人
活着的时候把一天掰成两天用

缺 席

成群的麻雀吞下苦楝籽
鸟粪堆积
那些在冬天吞食的籽
不需要娘养
它们会在村里任意处疯长

众多老屋已经风化。瓦砾
断梁生出一副枯骨,埋伏了数年
暗含着人世许多的拒绝
它们一小片、一小片分裂
甚至通过一只蚂蚁
向外界传递不可知的呼声

——一个村子的呼声
缺席数年,终有一场雪
会替我掩埋鸟群的脏羽毛
会在村子的伤口
堆砌出一座神庙

孤　影

跟在身后，发现她
有一大把瘦骨嶙峋的日子
往事在斜阳里西沉
但还会像潮汐一样拍打着她
夜里醒来，她会再次哭瞎自己

当她避过众人的目光，用低沉的
声音向我诉说时
一些苦就变轻
像她竭力
紧缩的身体
获得命运的一次托举

——这短暂的释放
当我采访回来后，她的眼神
一直跟着我
仿佛那些早逝的儿女
在诉说中又——活了过来

乌　鸦

能听懂鸦语的
只有85岁的姑婆了
晒太阳的她先发出喝声
再用拐杖磕地

短促的音节，带着姑婆的敌意
乌鸦并不飞
有时是群啼
它们似乎比以前更硕大
缩着头
黑色的影子立在老苦楮树上

枯枝干如火柴，无限地
吸收时间的火焰

黑色被调到最暗
许多人立在暗处
乌鸦在里面飞，在里面叫
就是这样，在棕榈树上、苦楝树上
像重新找到了阵位般
炫耀地呱呱叫
姑婆不断地说着唬鸦的话
乌鸦依然叫得糟糕而兴冲冲

稻　草

黄昏和烟头一起落尽
被生活压得喘不过气的人
坐在黄昏里抽完最后一包烟
化验单在胸前口袋一起一伏

比一根稻草还轻。这两年
他的肺一直在向他
索要一根稻草，这个一生
与稻草为伍的人，忽略了
为自己保留一根稻草

他用肉身一次次冲撞生活
如今，他只剩下一副骨
疼痛
夜夜从骨头里发出催命的檄文

宗　祠

众人祭拜前
这里静寂而空阔
木柱石砥的狮子长满铜绿
眼神如祖母。凌厉
蒙上了时间的包浆
断垣少了锐痛。天井上的
四方天空，依然存在空间的疑问
只要萤火虫
飞得够高，它们就有
成为星星的可能

壁画上的麒麟
脚踏祥云，我身躯单薄
我的先辈，用牌位堆砌的高度
也有着星星的高度
风声在灯笼上萦绕，蜡烛霍霍
我做了从前不曾做的事
我知道有些眼神
会凝视我缓慢、无声的鞠躬

洪熙石匾

钦此——
宦官的尾音还在石头里疯长

少年时代，我就在这道圣旨上
学习认字。荣光是热的
衰落是凉的
唯有君临善者的圣意
在时间里是恒温的

这块石头

没有在历史中沦陷
而是用自己的骨血滋养圣旨
它宽容了一个短命皇帝
借用它的身体
延续万古心。多么奇怪
这次我竟然如此伤感
比一个朝代
更永固的
是石碑上的圣旨
比一个薄命皇帝更不甘的
是一块石头
背负永不能退场的命运

洗鹤盆

一块巨石可以困兽，布道
住佛。可以令斧凿之声
还原万物
唯忘了它能洗澡，为一只鹤
我曾想过白鹤穿云
在流霞的尽头引溪沐浴
却未承想，它也是人间一子
它的父为它觅石凿盆，洗浴
擦亮每一片羽毛
教它戏水，生活，思考
它越来越像个人
热爱洗澡。巨石聚水如镜
倒映着人伦的欢乐
我能听到的，是风声
渐远。石盆边缘光滑
仿佛一片羽毛。我摩挲着
"巨石飞向了天空之上的自由"
洗鹤盆的使命结束
一只鹤则被模拟成巨石

它在众目中喊：我的父……
人间再锋利的鬼斧
都无法复原它本来的模样

祷 词

所有人谈论你，愿你一直有个好名声
你爱的人，愿他们做梦，知道你未尽之事
你的真言再无避讳，尘世的名禄功过
毫无意义。悲伤还是留给了爱你的人
愿他们的怀念替你活得更长，一身轻
天国的路应该很远，愿你如清风
朝露。愿天父慈悲，许你有生无忧
我时时与之相视，想必你已是一朵云
无有挂碍，无有恐怖

雨 夜

只有影子挤了进去
橱窗玻璃再一次阻隔了他
踮起的脚跟
带来比天幕更深的黑
街道暗沉如甬道
仿佛光，正一点点遗弃
路边，木樨一次次摁住自己
落叶有着想要的怜悯
依着废电动车
他端坐在水里，冷风掀动钢圈
砰砰作响

"他是唯一一个能拥铁取暖的人"
我低下眼睛，车窗蒙起水汽
闪电一次次探询，裂状的手

抚着所有相似的际遇
四处流浪,他不知道
另一种更坏的天气叫生活
漆黑的身体
经常生出铁一样的暗物质

我们抱紧。像这样的雨夜不取暖
肉身维持着铁的温度

群　星

逼仄里充斥着争吵、摔碗
和踢门声
两个离了婚的人还能
在一个屋檐下生第二个孩子
依然从流水的日子里取出刀子
削弱对方爱的意志

夜幕划破,传来孩子的啼哭
我披衣而立,天空闪烁着群星
那么多的亮眼睛
它们都在找最顺眼的妈妈
温暖的灯盏

孩子的哭声落在房顶、叶尖
我有点颤抖
仿佛那声音已经弹起
到达远处的古塔、钟楼,伴随
凌晨3点
铛——
穿透一个女人的母性

女人停止咒骂,她手臂放松,弯曲
优美的弧线弥合了夜的缺口

天空里的星没有一颗因此而错位
当我关闭灯盏
一颗悬着的母亲的心也重新归位

栾树花

地面的花朵更像灯笼
里面有不灭的烛火。在树冠顶部时
它们被供在高处。有时
你看着它们像在修习，不断试飞
残红褪去后，花朵包裹着一粒粒小籽投向地面
走在林荫道上，某种梵语般的节奏
止住你的脚步，你惊讶于此时的重力
从高处滑过的流线
愈来愈响——
直至突然寂静无声

——只有枯叶内部的筋脉
悄然断裂
向死而生，有时因为过于汹涌
而冲破隐秘的界限
你恰巧遇见，并思索其中独有的启示

篾匠记

他始终都在沉默
手里抽动的篾条
在他的双腿对抗沉默的力量
刀刃的柔软
竹子的柔韧，他的手
触摸着光阴的骨节；唯有他知道
能取出刀斧之声的竹子
才能把命编织得更长

篾花有些沸腾，它们抱团
落入他的怀里
像极被用过的时间
风一吹，记忆零碎
被他抚摸过的竹子
是危险的，却也是我半生
一直要寻找的
我喜欢被刀斧打磨过的事物
唯有它们
无所畏惧，把死亡一次次撂倒

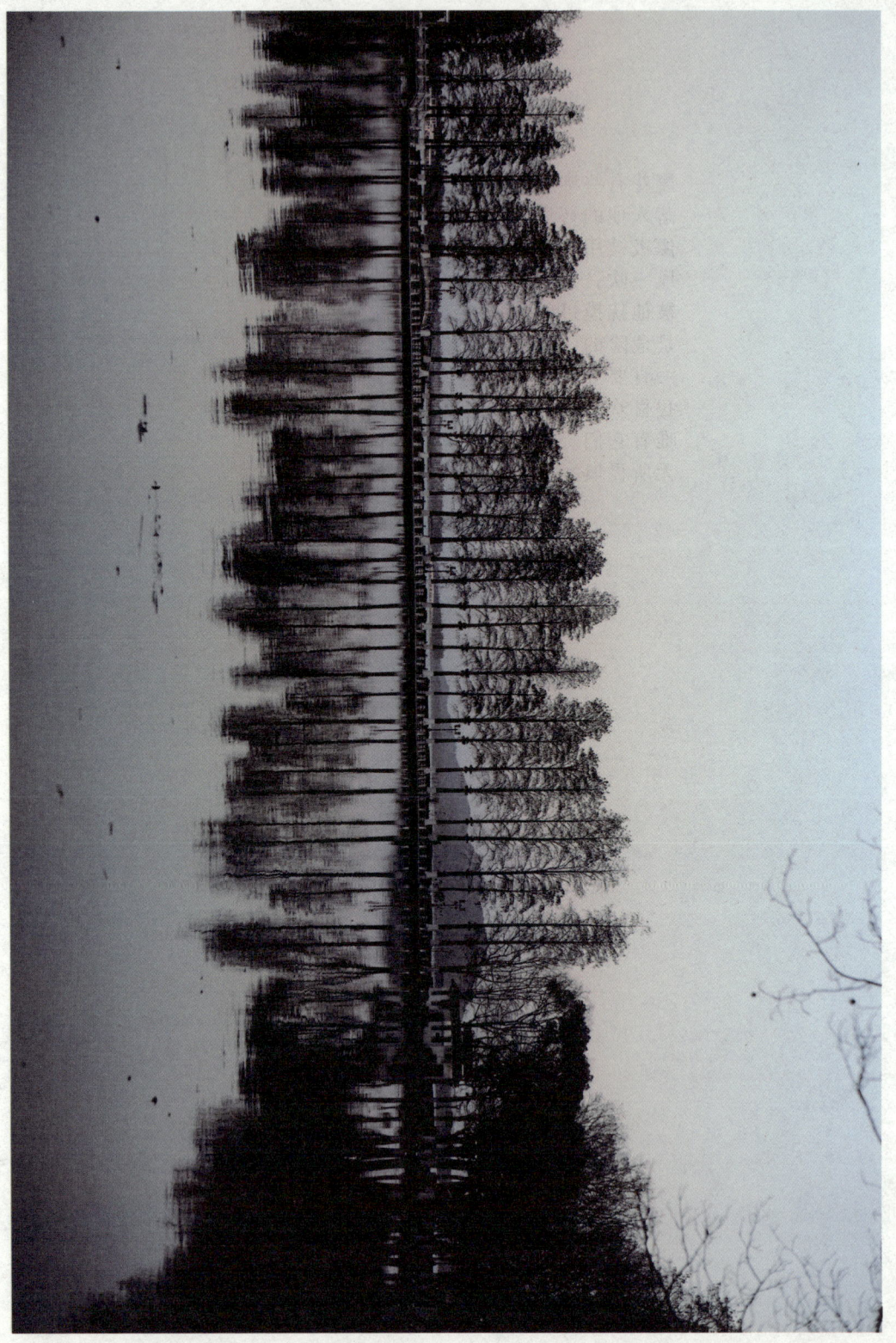

诗选本

Selection

苏隐没　小古　秋子
马雨林　嘉阳拉姆　龙少
董晓静　李柳杨　蒋乌　胡翠南
任小暖　韦白　张珊珊　张永伟
王小柠　泉声　安然　吴少东
罗秋红　黄明山　黎阳　海湄
夜鱼　夕夏　张晓雪　李双　荣荣

苏隐没 的诗

雨

耳畔只有坠落——
池水撑起反向的小蘑菇。
远处,湖面低矮
此刻,我在一座房子里,
书桌上有两行诗句。
它一会儿变成太阳的颜色
一会儿,变成垂直的雨。

午 后

冬天的草场。太阳扑下来
书页里的诗句趴在茸茸的草尖
星星的纹样变得笔直

光的伏线里:有轻颤的露珠,有晚秋
的白霜,有我从未经过
却仿佛早已相识的有趣
灵魂

原本的爱

走得很快,以一个年轻的速度
在身后穿行

你们牵手
专注于走路这件事

你们,在湖边
在小区附近,在绿化带
有时从公园走来
出公园的那一刻,头发白了

你们最好的样子,在风里
在树下,湖边
斜阳融融,岸边走过一双
又一双,回家的人

那时争吵,用斧子劈了橱柜
木头纹路清晰,
你用吊桶,从井里
捞起一只1993年的西瓜
切成块,摆上桌

山　行

风领悟曲线
俯身后,风的形状是一棵树

喑哑里有搏斗的大象
你推动白云重回山冈

闪耀的星群,圆了
明月,把自己藏起来

一个独自回到山脚的人
没有一只蚂蚁跟随

母　亲

雪从雪山上落下

水从池塘深处发芽

我从年少时来,风一吹就长大
如果有一天,也有人开始记得
如果有这么个小小的人儿
愿意不辞辛劳地给我以陪伴

小小身体里蓬勃的生长力,像大树
像舟船,像天边的星野
再没有什么月夜,也没有雪山上的雪
反复的捶打中,一枚晶莹的湖泊
是昂首的满月。而我低头的一瞬
像极了你……

蛐 蛐

共振在耳廓无限放大
圆形的声音。

可是无论如何,尽管,
伏低、俯身,匍匐于
青草的滋味。
再也不能像你一样,
回到泥土。

大雨在桌前

星光收拢院子
急速关上大门,往回
急速地回到房间,在桌前

世界成为闪烁
的中心,一本翻开的书

将所有的空间压缩

弧度的水滴
以冰冷的面貌回到地面
被闪电切割的夜空
在窗前回到矩形

重　置

白昼不长，夜晚短暂
流逝，以及谈论流逝

雨消逝在量化的湖中：
一夜之间赶来的黑色的湖。
无法计算密度与重逢，
雨，正以小于分子的形式
填充有限的聚拢，
这聚拢的意义

在大雨来临前捕捉风筝
遇见闪电，也置身闪电。

东浒，樟树下

叶子重复叶子，
静物覆盖阴影。

有些人站在阳光下，
一个人盘着腿，
坐在幻想的石头上。

虬枝以上，昆虫步伐稳健
整整一下午，直到最后

被拉直的影子在脑海中闪回，
疏叶记载一棵树。

"我们"

在中学时期，成为
学徒，在光粒中打磨
玉米的色泽，
一只陶泥的碗，装好酒。

把"我"拆开，站在一棵
电线杆火星迸溅的侧面
倒影唱出回声。

没有任何得以拆封的信件
获得溪水的流向
月光照在比屋顶更远的地方，
河流成为世界的圆心。

12月13日

台阶一侧，我还是去年的那个售票人。
他不会认出我，我的面前依然摆了一份当日
的报纸。我把手机放在报纸上，
然后，把今天每一个路过的人都叫"南京"。

束　河

从一个句号回到另一个句号。
这里的湖泊不含盐。

马的鼻子抵近辽远。

青石方砖,从明到末,从花都到东巴纸上的纹路,

从惯常走向结绳记事,
从第一笔波礤,到十万雪花银。

小古 的诗

三月,我们没有办法去拜神了

积雪,是
上一个月彻底被风干的
无所事事的朋友们在雪地上的印记再也不见
无法相会的日子,让我们失去了
夜晚

以前我们曾经历过的那么多普通时刻
夜晚动人
火动人
一盏马灯也动人

细微又细微的风
吹拂在走向山神庙的母子身上
母亲俯下身来,跪在蒲团上说:
观音菩萨,生日快乐。

我再也无法触摸那些三月的夜晚
救苦救难的命运终究与我无缘
三月开始了就要结束
苦难开始了,必然要厮守一生。

宁古塔

风是从泥巴里卷过来的
一层又一层的肉身分解开

有一年我路过牡丹江宾馆
不要提神,不要醒脑,徒增悲伤

边疆没有异性
我连自己的肌肤也没有心情拥抱
裹在老旧的房子

夜深时刻,一切沉没湖底
只有镜子闪闪发光

她夜半偶尔会化身玫瑰
梦里的玫瑰失去了颜色
不红,也不黑

在遥远的边疆
混沌才是最安全的常态

人到中年,我们慢慢走向了宁古塔
如果没有安宫牛黄丸
这下半生的心神都会摇摇欲坠

只有镜子里那些虚无的玫瑰
在寂静无人的时刻出来拯救亡灵

这一年的蜜蜂没有再来

我在冬雪里撒满了萝卜种子
楼下的花园在四月从来没有长出过萝卜

野兔已经绝迹
浪漫主义的松鼠更是绝迹

这四月的花园随意烂漫
桃花开了是丁香
丁香之后是海棠
还有漫山遍野的石楠

野花没有名字，匍匐在地上无人采摘
蜜蜂在这个四月没有再来

我们的世界已经变成一座巨大的盆景
传花授粉的使命已经终结
风动，花动，鸟动，盆景罩不会动

沉默的你我遇不见蜜蜂
它们只留下背影兴奋地耳语对彼此说——
在遥远又美丽的切尔诺贝利
变异的蜜蜂比犀牛还大大大

等风来
——致熊勇

你站得高了
风就自然来临

这几天的风拥有不同的技能
早上九点是安装弹簧床
到了十一点是打孔装吸顶灯
下午一点开始安装窗帘
再过两小时高空作业装空调
有时候疏漏没装积水盘
到了冬天楼下的邻居一滴水就会投诉

能力与能力是如此不同
即使他们发生在同样的高度

风，涌上来
一个又一个的难题被他们解开

时间变化多端
高度迟迟不肯改变

风因此来了又走
风都蒸发了
留不下的才变成了永恒。

小浪到底

袈裟依次剥落
少女们尚未被社会教育
她的泪水清澈又明朗

一洞一洞的祈求
在流水中幻化成富氧的水华
敲碎了又拼贴
众生携带满世界的欲望而来

鲤鱼已经退化
不再努力去跃过龙门

在白居易的死亡凝视里
我无比缅怀曾经疲惫不堪的岁月
为了尝试回到真实的日子
我们相约清晨起来再喝三杯烈酒
醉得再不堪,也不打紧

我们来到了孟津县
刺激的肉体横陈在小浪底大道上

清醒额度

人的这一生啊

一会下流星雨
一会发山洪水

偶尔出现两腿都是泥的人
在空荡大街的夜晚漫无目的地行走

有了电
有了水龙头
我们仿佛就能自愈

自我照亮
自我洗涤
但一望无际的命运啊
总是只能随机分配那一丁点一丁点的清醒额度。

路过荒野

有一个夏天我们路过荒野
遇到见完一面的喇嘛

村庄与村庄之间没有飘动淫荡的气息
青春的羞涩还残留在这些蓬勃的肉体里
除了游戏一般的真诚

那个黑衣人一直如此忠诚
站在你床边
有时候恐怖有时候慈祥

为了躲避他推销的梦魇
你和我把床搬到了荒野
青春已与我们无关

遇到的每一个人
都曾是这个世界最寂寞的灵魂

佛法与符箓
一会显灵一会虚幻

没有声音的窒息太难过了
我在花园种了一株马铃薯
又种了几根红薯
还有紫苏与野天麻

但我无心收割啊
因为等待荒凉的季节
才是我真正的专业

逃亡高原

每一次快被自己鼾声叫醒的时刻
我都在做同一个梦

双腿灌铅，浑身紧绷，心急火燎
欲望就在弦上

我一次次努力把弓拉开
让自己射到远方
弓开弦断碑裂
逃亡的宿命就是如此

小儿啼哭，在阳光普照大地的前夕
刚降临真实的人生

它就难以承受最普通的命运
每一次哭喊都是一次逃亡
偶然间我们来到高原
引力逐渐蒸发

阳光凝固在缓缓的钟摆
遇见修仙理论与实操的山上石
仙人充满耐心，一点也不着急到来
偈云：入山为寇，逃亡一梦

我们把它刻在随手摘下的云朵
返回酒局，奔向天才们纷纷断片的车站

失 眠

睡眠像一个模具
它会丈量人的身体
不合格的不收进来
我的身体一定是哪里出了问题
我无法将它完美地嵌合

我挤进去了一部分,但是胳膊怎么也进不来
我把身子安放好了,但头的形状不对

要是睡眠是一片水多好啊,跳进去了就是跳进去了
要是睡眠是一团风多好啊,吹到了就是吹到了

黄昏以后

每到太阳落山的时候
不,是太阳落山以后
白天走了,晚上还没来的时候
一天结束之后多出来的那个时候

太阳还会在我心里
落一会儿

雨喜欢

也许昨天那片白云朵不喜欢,但上个月的那条彩虹喜欢
也许合欢花不喜欢,但栀子花喜欢,芭蕉树也喜欢——
芭蕉叶肥嘟嘟的,还能喝很多很多

也许道路不喜欢，但草丛喜欢——
它不管天上是否灰蒙蒙，它只要自己绿得好看
也许瓦片不喜欢，但屋檐喜欢——那条均匀的水线喜欢
溅落的水珠也喜欢，它可以玩一整天"破碎"的游戏
也许走地鸡不喜欢，但老水牛喜欢
它在雨中甩着尾巴，浑身清爽，空气里都是哞哞声
也许人间不喜欢，但尖尖的森林喜欢——
它们喜欢的样子——雨喜欢

七月记

（一）

下雨时他关上了窗，雨停后他将窗户打开
雨一会儿下，一会儿停
他一会儿开窗，一会儿关窗
对于雨，这是他唯一能做的事
他觉得有些歉疚
一个人在下雨的时候不该如此——

（二）

河水浑浊时人会怀念它的清澈
人也会怀念自己的清澈
那是河的幼年时期
水上长满浮萍
人轻轻地拉一截藤蔓
一个粉红色的菱角扭头看他

（三）

人复杂，也简单
复杂是因为总是互成悖论
而这也正是简单的原因

比如，一个人
在他奔涌的那一面里从来都是干涸的

想唱歌给一只开花的黄瓜听

小时候在村里长大
对一切习以为常
猪叫起来烦人，鸡脏脏的
小孩子个个会骂人
家家菜园里长着青菜
然而我们只喜欢吃肉
如今，看到茄子结在茄树上
一只鸭蛋躺在河滩边
看到活鱼在水中游
土豆从地里被拔出来
觉得不可思议
就连黄瓜开花，一天都要去看好几遍
想要唱歌给它听
想要唱歌给一只开花的黄瓜听

没有血和肉

这一切都是美的
藤蔓从天上垂下来
人们在云朵下面行走
自行车铃声穿过云霄
炊烟，晚餐，一一升起
这一切都是美的

金 桂

这些空气中现出的花
每一粒都是蜜
都是呼喊

黎明将至

将醒未醒间
听到窗外细碎的脚步声
在空气中轻轻划过
似乎有轻的咳嗽声
似乎鞋底,沾了露水

每一个清晨醒来,都将自己很轻地
放在时间之外,都如——
一次新生

在这一天出生的人,将抱紧自己
将拥有温暖的羽毛
将和空气、草叶、大地
一起,进入永恒
而大雾刃起

山 中

那时暮色还未临近
我们路过了午后的回响
路过了野花
路过了被藤蔓紧抱着的石头房子

一棵黑松在一片枯树中是否会感到孤寂?
它也许还会迷路。枝丫陨落,空气断裂

有一会儿我们曾停下来，听，鸟鸣

香樟叶在林中，静静坠落
我长久地看着
我不知道，我看到了什么
这森林正疯狂地，寂静地，腐烂
令我着迷

阳光与少年

如果阳光又一次追到那个埋头看书的少年
少年便会将自己挪到另一片树荫下
树荫小小的
刚好在他头上
后来，阳光张开了翅膀
从树冠上，从山坡的另一边
悄悄向他靠近

那天的云

棉花朵朵呀
小毛衣呀
鸽子羽毛呀
蜜糖呀
小鱼泡泡呀
妈妈的吻
都飞上天了呢

孩子说
我怕
怕云会掉下来

恋 人

河水啊
夜晚
一张混合着木头、水浪、苹果花
的床

马雨林 的诗

午夜的出租车

它装下一些胭脂香水
又吐出一些劣质烟头
几个来回,夜色渐浓
行人、车流稀少
只有它
不知疲倦地忙碌着,转悠着
除了顺从,它别无选择:
阿毛的老婆得了乳腺癌
面临高昂的医疗费,需要化疗;
晓兵的儿子上大学,家中还有一个
卧病在床的老母亲需要照顾
他们丝毫也不敢懈怠啊
出租车,是救命车
它没日没夜地奔跑
给主人们服下一粒定心丸
而租费则发挥着安神、镇痛的功效

高　寿

它的出生年月
是2015年6月3日
这些年来,它的生辰八字
一直被运管局惦记着
2021年的6月3日
将是它正式退役的日子
其实关于它的年龄
可以通过车身上脱落的油漆
大概地估计和猜测出来

仪表盘上显示累计行程702356公里
它已经高寿了，大病不断，小病常有
但它仍像一只神兽
在大街小巷的每个角落穿行
它只是一辆普通的出租车
但它对主人足够忠诚，它会把我们的态度
精确到计费器上的小数点
它会给足气，给足油
给足相应的马力
它体内的能量谁也无法估算

出租车计费显示屏

每拉完一个乘客
它就会显示运营公里数
当然，我更关心运价
它们让我对数字有了新的认识

它们是鲜活的数字，有铜臭味
甚至还能开口说话
它行使着金额叠加的神圣权力
不仅仅只是数字
它是我赖以生存的口粮

它只是一块出租车计费显示屏
巴掌大小
却是我经济收入的发言人
它能准确无误地报出我每趟的收益
这浑厚的女中音
一次次给予我前行的动力

闯红灯

昨晚梦见自己
在象山大道开车。一不小心
便闯了红灯
在我万分焦急时
我就醒了。好长时间
我还在那里捶胸顿足
为自己犯下的错误忏悔
这让我想起一星期前
也是在一个夜晚,一不小心
就闯了南台路口的红灯
一个年近半百的人
一个为柴米油盐日夜奔跑的人

庚子年来了,我好像
一下子苍老了很多

快与慢

我怕把车开太快,不小心
就错过了一个乘客
还是开慢点,尤其是
在每一个路口和巷口

眼观六路,耳听八方
握稳方向盘
让车速和心速跑在同一条线上
可当我一不小心加大油门

耳边就有了岁月的风声
真想让日子慢下来
慢成我头上

轻轻落下的一根白发
慢成一张纸、一支笔、一杯茶、一首诗

万达出租之夜

在万达1号门的站台
我们排着长队拉客
这里异常繁华，这里
霓虹闪烁，人头攒动，夜市拥挤
身为卑微的出租车人，我们
是被夜色随意点亮的灯盏
偶尔有花裙子飘过，偶尔
会停留在出租车旁
打电话。偶尔拿起手机
拍下夜色和街景
出租车，饥饿的皮囊
总能被一些动词填充

玫 瑰

母亲的一生
没有人送给她一枝玫瑰
我的父亲
是一个不懂得浪漫的男人

后来母亲病了
她用她的咳嗽
在雪地上
种出大片殷红的玫瑰

玫瑰渗进泥土里
千年的花籽发芽了

我最敬爱的母亲，她是睡美人
是世上最美的玫瑰花

菜　地

那块菜地无疑是母亲的另一个孩子
每天都对它呵护有加
嫩黄的白菜，紫色的茄子，绿色的韭菜
还有那红红的朝天椒
撑起一个个辛辣的日子

母亲走了之后
她把菜地搬上了坟头
每年春天
总会长出许许多多的野韭菜

练 习

我踮起脚，拥住你
在这装满思念的屋子里
随音乐轻摆
那醉人的旋律，腰肢
盛夏，撩人的蝉鸟

我放开你，只是放开了一团空气
傍晚的阳光在窗台笑我
影子在木地板上笑我
我也笑自己：你并不在
这场练习，仍只有我，忘乎所以

那 时

我们乘坐的大巴停在法国梧桐树下
人行道上，布满长长的影子

一对白发老人
拎着集市上买来的小白菜
拎着尘世细碎的幸福
一位母亲怀抱婴儿
天使吻过的小脸蛋儿
开着人间最美的花朵

你撕下一块俄罗斯面包
放进我嘴里　那时我想，如果我们
能有这对老人的长情共守
再生一个向日葵般的小天使

和众生一样，晒着太阳
初春的清晨去赶集
深秋的傍晚去散步
经营着世间一切欢欣与爱

那时，车窗外的人事
沾满情爱，布满阳光
那时，车里坐着的人
纯真笃定，自信满满

两棵千年银杏

风带着月亮峡的清凉
许多叶子，开始跳舞
用不变的，总不厌烦的方式
说你好，说爱你

两棵银杏树，已过千岁
从青梅竹马，长成相濡以沫
有些树变成柴火，变成桌椅
它们还能这么，静静活着
还有不少儿孙，不远处长着

我开始羡慕　两棵努力发新芽的树
总是不离不弃，总在彼此近旁
根枝相连，共沐风雨

摘梨记

有一年冬天
我去聂仁摘石头梨
天很蓝，梨很繁
穿着石头外衣的浆果

包裹着被风吹皱的心

树上的人,摘下一颗颗
石头般,不说话的梨
我蹲在村庄空空的眼睛里
也不说话

树下小狗,打着盹
屋里火炉,温着酒
冰冷的石头梨
在我手心,慢慢融化

爱

摊开五指,让出
山河、春色、阳光
五指空空,内心满满

像爱一株玉兰,不去采
远远看,走近看
左看右看,上看下看

风爱抚它,雨滋养它,阳光亲吻它
都不影响我看它,爱它
看它结苞,开花,掉落

这都是爱的过程,并享受其中
那些从手中腾出去的
最终都拓印在掌纹中

梦

想过无数回
你从梦中醒来,拥住我
泪流满面,说迷途中遇到的花
很快都谢了。或者
打开门,你在等我
所有用旧的表情,都被清洗过
它们在你脸上变换
呈现出最初的你

我们像刚开始时一样
晒太阳,听歌,看月亮
十指相扣,没有缝隙也无叹息
那些意外似乎从未发生
好的事物被我们拥有着
更好的,都在来的路上

今夜的月亮

终于躺在喧嚣之外
躺在双人床的一角
我侧身,抬头,月光在窗外
那么圆,那么亮
不动声色,清洗着夜空
阴影无处可逃
秘密无处可遁

我挪了挪身旁的枕头
举起手,抓住一把月光
捉住这只忽远忽近的眼睛

今夜不灭的灯盏啊
醒着时，用你来照明
睡着了，用你来取暖

这么好的我们

你肯定跋涉了千山万水
你肯定路过了风花雪月

相欠的人，一定相遇
你用春天的唇亲吻我额头

我不是今天才苏醒的
我早已把自己修炼成春风里的柳条

你朝我每走一步，我就扭扭腰肢
你停下时，
我就借着风，向你挪挪

你说，你只要每天有阳光有纯净水
有空气有我
你说这么好的我们，怎么就相遇了

病房里的太阳

我仍记得，玻璃窗上空的太阳
它每天如期而至，把周围虚晃的云雾撑开
这个时候，你总要吃力地坐起来
今天喝鱼汤，鱼汤的营养可以愈合伤口
明天喝小米粥，后天我们喝鸡汤

你的嘴越张越小，身上的肉越来越少
有一天我从外面打饭回来

太阳还裹在云雾里,你被裹在被子里
直到太阳撑开云雾,你都没有动一下
你轻声说:别费心买这买那了
带我回去吧,我想喝村头的泉水了

是不是想阿爷了

儿子第一次问我:是不是想阿爷了
我别过脸,窗外的雪纷纷扬扬
迅速流下来的眼泪
被我更迅速擦掉

儿子第二回问我:是不是想阿爷了
我微仰起头,野棉花开遍河床
我担心太阳很快落山
春雪会渗进你的眼里

儿子第三次问我:是不是想阿爷了
我嘴角轻扬,星星在天幕撒欢
我总能轻而易举找到最亮的一颗
而我更乐意相信,阿爷
你已经用另一个身份
回到了村庄,参与着我的生活

一株草

生来是草的样貌
没有开花的茎叶,没有结果的根枝
遗落深谷,自得自乐
淋过大雨,听过响雷
从没想过
把自己开成一朵花,长成一棵树
有阳光就发芽,有雨露就变绿

没有星光可静看浮云
没有访客便旁听流水

一天午后我恰巧路过山谷
树缝透下的光,轻罩着你
泥土上的枯枝,轻举着你
你保持着草的模样,坚守着根下的泥土
轻灵地向我点头,摇头,再点头
像是认领上辈子的自己

风拂过你,再拂过我
风已说不清我俩谁是谁

赞美诗

光线从影子里渐渐剥离出来
落在吊兰叶片上
缓慢而寂静,像你
带着美好的故事,坐在我身旁
如果风恰好落在枝头
田地里的麦苗一直绿下去
多么美好啊
你抬头就可以看见
幸福,从安宁里缓缓延续下去。

当我们回忆过去

那时候的母亲,有乌黑的辫子
不爱唠叨,背也挺得很直
她经常背着我,走很远的路
去另一个镇子赶集
那时候我们觉得星光就是大海
尽管我们都没有见过大海
当我们第一次站在老家的山顶上
落日余晖给我们披上薄薄的金纱
我们以为那也是海
它渗入我们的身体,又被山风缓缓吹起
我们回过神时,对四周的花草说
"你好,大海"
我们四周是野蔷薇
五味子、柴胡和忍冬。

"在某个清晨我想到我会活到永恒"

是的,我想永恒
在某个清晨,我蓝色的床单和被套
落满了星辰的味道
它们在我的身体里沉睡,而我
醒着,像一株挂满露水的青草
如果鸟鸣眷顾我,如果风
裹进了我的身体,我便从喜欢的梦境中
醒来。阳光会像昨日那样,慵懒而平静
我也是。当我步入中年
我开始相信命运和不公,就像我
相信阳光的永恒,相信夜晚
星辰和年轻的生命
继续年轻着。

雪 人

阳光在积雪处打着旋儿
一副留恋的模样,麻雀在它周围

辗转奔走。那时刻屋顶的薄烟
正好飘起,像扯开了一块淡青色头巾

我的女儿举着扫帚经过它们
她蹑手蹑脚地走着
担心惊动了鸟雀,和阳光

她想堆一个雪人
一个如她一般,戴着红围巾
举着扫帚的小雪人。

雪 落

在更深的夜里,我听见雪落的声音
一种极为寂静的颤动

我的心被羽毛拂了一下
很快,又被猫爪轻轻按到

像一条光线,找到了自己的缝隙
我从没有想过寂静
会如此浩大

我的母亲已经睡了
她不需要听见任何声响

一种疲惫的寂静,正替她接过
梦境中的雪片。

我需要一些孤独

这耀眼的孤独,在一场雪后
困住了我,我经过的湖面
水流在编织自己的网

它们也需要具体的形状
在冬日里安静下来

堤岸上的芦苇还在
清寂的身影,不时触碰风声的裂纹

我们都孤独很久了,不时想握住些什么
只是风声太轻,几片薄雪就按住了
它空寂的尾音。

后来,我沿着小路往回走
这些熟识的事物,轻易就分享给我
落满白雪的屋顶。

故 乡

她曾经离开那片地方
麦子成熟的地方
有深蓝色的闲置无用的天空
天空下一层一层的,金黄的麦浪

她喜欢走过那里,带着她的小伙伴
和周围烂漫的风声

在那里,草丛深邃
虫鸣绽放着时间的宁静
像季节垂下的松软羽毛

她喜欢这些日常中,保持着宁静的事物
仿佛生活,也拥有了更多宁静

那时候,她爱着星空
和流水,爱着
外公从远处走来时,带来的薄薄的声响
他已失聪多年。

确 切

你还是喜欢微黄的藤蔓、半开的蔷薇
仿佛缓慢,更容易接近。

有时候,光着脚丫从溪水中走过
那些落在谷穗上的风

是替你拥抱着水流，和鸟鸣
你有自己想要的美好，尽管孤独
如此确切。

雨

四月的雨水正在幼苗上编织着旅途
黄昏的轮廓也不比去年更加清晰
当你从一场雨中醒来
感觉生活就剩下这些薄薄的声响
你开始回忆过去，或者给自己
沏一杯红茶。有时你也只是
呆呆地坐着，听雨水
从一个一个的窗棂滴落，消失
像永无止境的悲伤，或最低处的音符
这是寂静给自己编织的曲谱
让你想到，很多个黄昏
都像四月
一场雨水，长久地清亮着
一小片寂静，蓬勃地清亮着

蓝衬衫的人

一件蓝衬衫
比我的那件深沉
老房子一样
在江那边
它的意思不是穿上
也不是脱下
此时，趴在布上
哭过的蓝
紧紧抱着那个人

确　信

确信自己是妈妈
有人需要一秒
有人要十年
有人要用完一生
鸟兽也会怀疑
孤独地大着肚子
舔干幼崽身上的血
哺乳喂食

她说
这是我的孩子
不是我妈妈的孩子
不是我的妹妹
这是多么艰难
忧伤的一次确信

光华大道的雾

雾气已经抵达
这一小块树皮
对,伸出手去接住并
抚摸
急于表达的嘴唇太薄
你只能
指点前方
在一条光华大道
长路足够离婚又结婚
雾气在树皮上停止
让人想
举起手

下山的时候

一棵树是另一棵树的心
一棵树是另一棵树的皮
赶路人指着奇怪的树
叹口气走了
雨天还能怎样
山那么高
也有人停下来
靠着树
想起什么又突然忘了

少　女

奉献一个纯洁词
它的形状让鸽子惊恐
飞离,落下粪便
小刘告别柿子巷

肮脏的雨里
她轻松踩着水洼
从最深的阴影里走出来
有眼膜、大脑和四肢
这是第一步
柿子巷很长

瓦　罐

一个瓦罐
用热汤表达
汤冷了
干了
罐子在那里不动声色
装了十年汤
沸腾
冷却
凝固
奶奶的瓦罐
妈妈的瓦罐
我的瓦罐
一个比一个小

向　阳

冬至
太阳在向阳茶坊门外
下午四点
烫壶花毛峰
向阳茶坊不向阳
二十四小时人造太阳
老板喊
出太阳咯
来吧来吧

旋转的星球

站在一个旋转的星球上
我成了一个旋转的人
太阳变成月亮
银河变成牛奶露
我看见的是这世界
在我看不见的地方
有什么在织网
那遥远的天际空无一物
人人却都想成为他的国民

无 题

我不是谁的母亲
我的肚皮没有姓名
只要光照在身上
我就是一个透明的女人

芽

观察人们的眼睛
——从黑暗里寻找出口
如果它们透亮
就多看几眼
别着急着回家
一个人待在屋子里
种子就不会发芽

当我躺在阳光里的时候

我没有想过有一天
我会躺在阳光里
我是说
——离它这么近
就像光本身所呈现的那样
无痕的一条缝隙
就像每个女人都有的那种缝隙
就像孕育、生产
就像狐狸精小唯决定把自己的皮
剥下来所产生的那道缝隙

你喜欢苹果皮

你喜欢清晨的光
你喜欢涂鸦球鞋
你搜集任何
能代表你特征的东西
组成你
今天早晨我看到
你最爱但也许不爱你的
长在某棵苹果树上
苹果树上的光
几乎和人类一样长久

"走在绿色的山中"

走在绿色的山中
我的心是一片蔚蓝
幌伞枫的树叶有时透明
有时完全是黑色

有那么一棵小树
它也长在我的身上

"我无法……"

我无法凝视你
当你成为我最爱的人
只要是那唯一
你就得从人群中消失
成为无数男人中的女人
男人看不见你
成为无数女人中的男人
女人也看不见你

孤 独

我安慰我自己
我拥抱我自己
我叫我自己
小宝贝——
一个陌生人在敲门

苹 果

落的
满院子
都是

满院子都是
已逝的
祖母般的爱

梦象（3）

有一次，在山村的星空底下
人们友好地进入夜晚
他们的声音发散着
带着幽幽的绿光
缓慢地在宇宙星休间传动

我孤身一人
拿着垫被和盖被
来到门前的毛马路上
想找一个靠边合适的位置
安放我的睡眠
（我称之为"危险的睡眠"）
这是夏季，雨水远走
车辆碾压的碎石路
起起伏伏着
很快我就枕着这些声音
安全地进入了睡眠

不知道过了多久
一辆运煤卡车
按着喇叭经过三叔门前那道90度弯
来到我身边时停下
把我从梦里面倒逼出来
我发现"睡床"已经
无声地游离到了马路中间

梦象（14）

我从左边那扇门
走进外婆家那
藏在堂屋后
被烟雾完整熏黑的灶屋里去
（从堂屋进入灶屋有并列的两扇门，它们
犹如神堂的两个守卫）
灶屋背后还有一扇门通向
屋后边的小山，左右邻居的自家地就在那里
有自来水从后山引过来
那水甘洌，总给干渴的人带来美好希望

我走进来就是为了找一口水喝
水缸在一个清凉黑暗的角落摆放着
那阴影似乎增加了水的冰凉

我找到一个水瓢
是那种用竹节做成的笨重水瓢
可是它的把很长
如果你要喝水，你非得需要
指挥另一个人在远远的地方站着
把瓢深入水缸，要他很精准地
把缸里的水送到你的嘴上来

梦象（39）

邻居把他家那拥有硕大空间的房间
改装成为
一个黑漆漆的电影院
每个月光来临的夜晚
都吸引着一大批前来观影的人们
他们小声窃语着
珍惜着这山野中难得的消遣

而我只对他们屋子里错落排布的
一间间犹如冒险岛的小房间充满兴趣
他们修建的三层楼房，层与层之间
还被众多的树木撑架支着
但仔细看时，又是一座座原始的森林的景象
房间里长满花草和树木
走近前去，人自动变小犹如蚂蚁
房间会左右旋转
犹如挣脱的猛兽无限增大
这些房间还没来得及对外开放
当我在房间中冒险游历时
隔壁电影院发出呜呜的哭声
我沿着一条河顺流而下
发现它环绕着整座房子
我慢慢变回原来大小
发现这条河
带走整座屋子的隐秘的症结

梦象（84）

到了印度
一个涨水的季节
穿着宽松衣裳的女人们
在浑浊的河流里打捞
一种漂浮在水上的野生植物
随便询问其中的一个人
她们都说用来做一家人的食物
简直美味可口
这都是一些含泪说过的话
因为我看见汹涌的河流都是由
日常道路演变而成
男人们为丢失的道路哀叹不已
空落落地埋头
蹲坐在一处高地

梦象（88）

我们和邻居的房子好比是
两座两层红砖灰瓦的连体婴
在夏日漫长的月夜
邻居全家远行，留下房子空空荡荡
我们把自家房子前门关上
后门全部打开
于是邻居家的房子也会自动变成这样
月下闲荡的人就会
各自偷偷登门
住在每个房间，靠在床头边无尽地叹息
叼着烟头一闪一闪

我们屋后就是山
陡峭的坡度延伸上去
与房子之间留下窄窄的一条路
只见闲荡的人
一批批到来又一批批离开
低头默不作声
相遇了，都会侧着身子谦逊礼让

梦象（97）

梦见母亲过世
我蹲在房檐边上
吧嗒吧嗒地流着眼泪
因为在此之前
我从未想过
母亲会
先于父亲过世

梦象（103）

手机导航显示从高坪去长沙更近
预计只要半个小时
我们一行人早早赶到那里
却不料因集体忘了买车票而
继续耽搁

高坪的高山
把天色遮住了一部分
据说这里生产的凉席不错
我们集体又打算购置一些
让人带路，出门时发现我们置身于
空荡的山谷之中
招呼我们的人日子过得简陋
一些人又临时对他们的生活产生了兴趣
我觉得无趣
随意走到一条泥泞的路上
追上一个独自出行的人
他对我说每天的工作都需要爬山越岭
山腰的道路那里至少有四五公里
爬上山顶至少七八公里
我们每天的工作需要每天来回奔跑
不过，你不知道
山的那边其实就是你们的目的地——
长沙

梦象（321）

大雨后天晴
屋后坡上的苊树第二次成熟
我心情愉悦
去摘苊
它们一颗一颗饱满

大如草莓
我想摘给我的妻子和孩子吃
手掌心却只能放下五颗
抬头看
坡上有更多鲜红的范
像一张一张奇妙欢喜的笑脸

街　角

我用你们给我的脚走着
风从早晨的鹭江道吹到西浦路的夜晚
我用你们的眼睛四处张望
黑暗一片片隆起
街灯在水中摆弄尾鳍
我用你们的手按住虫豸的喘息
花朵在一旁小声恳求
棕榈也极力掩饰喧哗
我用你们的思想去想着：
它们都是真的
有着具体的形骸，一起修建这座城市
我一直用着你们的文字
创造出登山、望海、教堂与街心公园
构思远行与荒野……
直到星星在头顶上静止
我有了孤独
在广告牌巨型阴影下面
它反复触摸我

至今我仍在时间的绿皮火车上

以前反对的
对不起，现在我同意了
我喜爱大提琴，是的，喜爱马友友
我沉沦于喜爱之中已经失去创造的能力
在年轻与年老之间
还欠缺一种精确表达
你暂时不要与我告别

终点未到,流泪尚早
你知道吗
我的反对总是无效
至今我仍在时间的绿皮火车上
不能停下
不要叫我停下

黑暗是对人间失格的提醒

雨天有雨天自娱的管道
我们何尝不是
依赖动物的天真与情趣
黑暗是对人间失格的提醒
盲人瞎马
梦比夜多
这也是情侣偏爱黑暗的原因
黑暗里没有新鲜的人
难对世间有何承诺
我在书写中只需要你
不间断的雨水
萤火虫发光的腹部
就像野草间的角力
拖曳着宇宙静静走

为此我愿意深鞠一躬

不要提前为活着的人哀悼
我们还未进入另一个城市,另一个
我们提前假设的处境
新的爱人
但许多人都愿意相信那个谎言
否则他们已经无法继续活着进入睡眠
为此我愿意深鞠一躬

为你
向每一个破败的日子
每一个被损毁的灵魂

雨水叫我不要说话

雨季还未开始
鸽子是天空的消息
不厌其烦
雨水不是
我盼望着雨季是因为雨水是肃穆的中心
蔚蓝是眼睛的消息
触摸是盲人的消息
我正过着一种被消息约束的生活
雨水叫我不要说话
我还在人间
不是某个人自由的消息
我是一本狱中日记
雨水每翻过一页
都被吸引

门牌号码

早晨邮差送信的时候
经过一个药房
左边就是住宅
邮差的脸晒得通红
火车正驶向烈日尽头
我可以看见地平线的折痕
邮差最终要坐在那里休息
那儿没有门牌号码
只有火车不肯熄灭的低鸣
如果我不写那些信

邮差向原路返回
他对于如果一无所知
我深知事实存在的奥秘
你已消亡
我给你的信已无法送达

悼　词

雨像一群白马从山顶冲进村庄
要是我就是其中一匹白马
一双白银的眼睛
父亲说我是他的眼睛
我需要找到父亲的村庄
需要到达父亲的屋顶才能轰然倒地
我的父亲
他在天空苏醒听到人间的悼词
微弱，庄严
我着迷于悼词的白
人间唯一的言辞
在大地沸腾之后化为缭绕的轻烟

漏　洞

我自己就是那片旋转的天空
秋天的泳池
朋友说游泳就是与虚无拥抱
我脱下羽翼
羽翼如同身外世界
我们都在各自的身体中打转
一片片脱落自己
在旋转中摸不到对方的痛点
我们都不是有形之物
不是农夫和蛇

我的心是混乱中的秩序
我的爱
是秩序中的一个漏洞

任小暖 的诗

归　途

寒风关起了自卑者的窗户
就像错误投降于诡辩术

一位别墅里的女士
搬进记忆中的土坯房
她的
罗马表停止走动
——在这个不属于它的庄园

院子里躺着的是石头，是杂草
而正是这些，才真实
才如算命先生所预言过的
苍老和顽固

种　族

立秋傍晚的风吹向你
金黄的麦子从光线暗弱处
进入阳光
在朦胧的河对岸
有那么多黑暗的孔
它们继续它们的歌

既然只是伸展各自的长度
既然你们只爱自己的王国
这万物复苏，我们不必共同欢呼
交界的核桃树怎么瓜分呢？
天空和云朵如何命名

如果所有的情感只留给艺术
所有的灯火，被填入空虚的饥渴
请你走过来吧
立秋傍晚的风
更懂得，宽恕

晚　祷

教堂的钟声震飞了漫天的鸽子
唱诗班的孩童唱着和平与安宁
他们深切体会过吗？
那硝烟里的钢枪
那废墟里的手掌

或许，此刻小镇里的新人
迎着暮色看黄昏
哭啼声从产房里诞生
村庄里的老人守护最后的荒凉

我们在做饭，洗衣
我们看着新闻等候孩子归家
我们一生都该如此
在上帝的视角下
可是上帝
我们的同伴在凋零
太阳升起时也有生命离去

究竟什么样的信仰能创造永恒？
一位迟暮的老人拉着老伴的手：
"我的使命完成，我以终生为你献礼"
"我爱你"

遮光窗帘

喜欢将白天遮成黑夜
能在白天受到的伤害
在白天发泄
能目睹
飞蛾变成
一群赴死的人

光泽度

月亮爬上黑乎乎的天空
老人们坐在门前,目光焦灼如深夜
这样的夜晚,因干渴对神充满敬意

我始终信任这个村庄
一根枯树枝在万物欢腾时,强忍寂寞
一颗石头也保持善良的本性
像一个失语的老人
在被取走时,又一点一点获得

赤裸的土地发出响声
它们未归还于主人
你看那些含着苦衷的掠夺者
把居心叵测戴在脸颊上
旱季让我们闻到了罪过啊
没能冲破地皮的胚芽
沿着这座病态的村庄哭喊:
这月亮是暗物质
它缺乏光泽度

焦虑症

你每日摸着自己细嫩的皮肤
你每日扯着枯树的头颅

你与镜中人互相吹捧
高声强调树冠的年龄
高声强调,它寂静成形。

月　夜

它干净,圣洁,普照众生
对天机和人事,闭口不提
当我这样赤裸裸地揭开时,像是暴露
像是捅破,像给黑夜指认出了共犯……

紧迫感

傍晚,木屋在我们右边
空气流着丰盛的血液
一只鸟和我同时嘀咕
和我同时,朝向一个太阳

你睁着一双浊眼
把额头对准上天
并对天长叹:我们抗议,他们却饱尝
仿佛是个先知者,早已察觉
早已就绪

先把我安顿在朝南的木屋吧
一个四四方方的建筑物
它不懂更多意义上的烦恼

也不知有人正在赶来的路上
击垮一道道围墙……

关于爱

本该是赴汤蹈火
本该是有着偌大的追求
但不是
想起你多有伤感

我们就这样活着
猜测彼此的可能性
总有我们不理解的事物在发生：
一个算命瞎子坚持着无神论
一个妓女抱着作家投河自尽
尽管如此，我们依然站在另一端
创造激情

还有什么像你一样让我感到卑微
从生命里排斥年轻
从领土中，分割自己

故人的信

乌云被分割的夜晚。一声蝉打开夏天
我将信纸铺平
完成一次漫长的旅行
如发现新大陆，如看清月亮
在太阳升起时逐渐暗淡

一些生动的词语从信里跳出：
勋章、广场、死亡及友谊。

你说赋予和盗取——
每一次与我交往，都是提前度过余生

我也困在这偌大的躯壳中
敏锐而无形

如果，我可以是你

内心波澜般起伏
把自己放进别的身体
这样富有危机的生命，不肯懈怠的生命

如今，夜晚让我捡起记忆
想起某个山头的村庄，应是我们爷俩的出生地
十八岁送走父亲的男孩，被迫放下铅笔
大年三十的傍晚，讲起太爷爷死于饥饿和战乱
讲起……
一旦讲起，我便嗅到风，连着
整个黑夜的筋骨
你长舒一口气，像是在说：
——"孩子，你听，这段动荡的岁月跟你没有任何干系"

空纸袋

一个空纸袋:一个生活的剩余物,空荡荡地
存在于这个剩余的世界。它的内面已被掏空,
无论它盛过什么:一个金色的橘子?一粒
象征希望的葵花籽?还是一口粘在纸壁的浓痰?
但无论如何,它曾经新过,在成型时也发出过脆响,
也有过脆弱但坚定的外壳,也想在恰当的时候鼓起
甚至起飞。但那是多少年前的事了?
此刻,没有阳光照着它。它在阴暗而稀薄的光线中
打盹。它被岁月风化,沾满了灰尘。和用过的牙刷、
纸巾、发黄的书籍堆在一起。当然,它因无用
而得以保全,而豁免了岁月的重压。但它愿赌
愿输,它的开口,依旧朝着指向已明的未来敞开着……

鸟 巢

一个空鸟巢在一个空落的院子里。曾经的鸟鸣
已经消失不见。没有鸟粪,像白色的颜料
滴撒在树下的坐凳上。没有蓝色的蛋
在鸟巢中随风而动。那只啾啾叫的雌鸟去了哪里?
那时,院子外鸣唱的蛙,树下啄个不停的鸡,
还有那只以蓝色的眼睛注视夜
而充满疑惑的猫,它们又去了哪里?鸟巢兀自
悬着,只有风从大小不等的孔穴中出没,
发出不规则的响声。它远离乌云,也远离人间的喧嚣。
它的形状,最类似一颗椭圆的
孤独的心,而它也像心一样,孕育飞翔,
也渴望飞翔。尤其在冬季,枝叶落尽,它更显孤寂,
但它充满宽恕的安详,不再祈望有任何一只鸟前来,

重建它昔日的热闹与欢欣……它唯一的
心愿，是在孤独的坚守中变得平静，变得透明。

模拟一段水管

最初，水管为白色，柔软，坚实，
有弹性，连接着强有力的水源，
甚至由一双美丽的手握着，
通往想象中的一望无际的花园。
那洒出的水花唱着歌，迎着阳光
在空中舞蹈，极有可能形成
一道彩虹，或者一道竖立的喷泉。

像苦难人生的某个节点，它被迫
弯曲，又在日益沉积的污垢中
中断了它流畅的进程。它已慢慢
失去了内在的源泉，也没有一个
明晰的目标等待它浇灌。如今，
它的水波无用地流淌。在冬夜，
动物们已入睡。它的入口吞吸着
冷风，犹如一只依旧醒着的孤眼。

一所被废弃的房子

现在，它孤独而宁静地存在于
一栋八层的公寓楼里。
没有人走进去，
惊扰那封闭了很久的空气。
地面上已布满尘埃。
那些旧鞋子保留着
主人从前的脚印，
默默地塌陷在门厅的过道上。
钟已停摆，仿佛

一个不再吐出词语的诗人，
在时间中默坐。沙发上
主人的体温已消失。几张过期的
报纸，依然躺在茶几上，
见证着一个逝去很久的新闻事件。
食物的残渣已变干，变色，
被悄悄出没的老鼠
拖到了阳台的一角。
电视机像一个老人，板着
一张被岁月吸干的蒙尘的脸。
往事的油烟依旧凝结在灶台上，
呈沥青状。贮物柜里
是过时的药片、病历，
间杂着没有用完的茴香。
床铺上已没有人，只有人形的凹痕
模拟着主人曾经的体形……

没有人来了。没有更多的细节。
只有蜘蛛在编织着一张沉默的大网。
当阳光又一次穿过灰蒙蒙的窗户照进
屋里，仿佛在雾茫茫的人生中投进
一道爱的光芒，它能唤醒什么呢？
什么也不会，什么也没有，
也不会留下任何真正的痕迹，
就像一缕风拂过一片远古的树林。

西红柿

一个一个摆在集市的水泥台上，
光洁，亮丽，汁液饱满，
像喝醉了酒似的红着脸。它们
稳稳地坐着，仿佛只为了这一刻
被人买走。它们甚至在微笑。

但有一个已烂掉，皮已破开，
露出里面鲜艳的果肉，并幽幽地吐出
一股过分成熟而略微有些腐烂的气息。
没有人会买走它了。它走完了
从萌发、生长、成熟到腐烂的全过程。

带着颓废的美，它的内部已酿成
一片红色的海洋。兴许还有一条
蠕动的虫子，从内面吮吸着浓浓的黏液。
它成为一个完全的剩余物，
即使生命完全打开，美到极致又有何用呢？

那灿烂的内心，就像整整一个烂醉了的黄昏。
它从前把自己保护得那么好
又有何用？此刻的腐烂
在静静地进行。它在散发着有机质分解后
冒出的气泡。那丰盈的果肉由甜变酸，

由硬变软，在液化，在发酵。它被弃置
在水泥台上。集市已散去，人群已离场。
它瘫软着，迷惑而哑然，它破碎的缺口，
仍在吐出幽幽的怨气，像消失了很久的星体
仍在发送最后的星光。

无人写信的上校
——仿马尔克斯

战争已经远去，烽烟只是梦里咸涩的烟雾。
而曾经的冲锋，在血管里只是一阵脉搏的悸动。
没有人来，只有小鸡在小院中鸣唱，只有老伴
颤动的身子像一圈黑影，在房间里晃动。
只有他的失眠症，像一个游魂或猎犬，紧紧
把他追赶。他让自己强打精神，在房间里来回
走动，用刀子刮下最后几片混有铁锈的咖啡；

或者观望院子里蚯蚓在泥土中筑起一座小巧的
殿堂；又或者撑着一把黑伞走向海滩。群山
像慢吞吞的乌龟，驮着它自己的梦魇。
他不再指挥他的船队，也没有一艘轮船属于他。
历史已退得远远的。他的手已枯萎，他的脊椎
已弯曲，他的目光已沾满行将熄灭的灰烬。
而他也知道，那日日夜夜等待的邮件不会来了，
但仿佛是出于习惯，他依旧定时来到海边，
像那倔强的海鸥，随时都会被海浪吞噬，
也依然要去舔吻那锯齿状的海浪，仿佛只有那样，
它才能心安，它才能获得暂时的忘却与宽慰。

张珊珊 的诗

偏 爱

女人们带着汗水
和充盈的乳房
远走他乡

汗水浇灌土地
甘甜的乳汁
喂养别人的孩子

故乡的婴儿
攥着干瘪的乳头入睡
母亲的母亲
更像母亲

云和水

灰头土脸的云
等一次雨水
我在等泥土里的人
继续生根发芽

没有水
我该如何生长
没有火
你又怎能滚烫

抢救溺水的蚂蚁

一滴水能不能淹死一只蚂蚁
第二滴水
它爬出来了
第三滴
它挣扎了一会
我捞上来
帮它心肺复苏
头不知道哪去了

若能互换蚁生
生死如旧
可是
这个午后
我再次成了一个罪犯

该死
谁没有罪过
我只是放飞了它的灵魂
它该谢我还是恨我

鱼和鱼缸

买了两条鱼
死了
又买了十几条
换了大鱼缸
第二天
死了几条
第三天
又死了几条
过了几天
还剩下一条

我盯着那最后一条
它为什么还没死？

味　道

槟榔是你的味道
香烟是你的味道
汗水是你的味道

我不嚼槟榔
也不抽烟
想你的时候
我就流汗
流汗的时候
我就想你

但不能光想你
我也需要音乐和诗歌

泸沽湖

黄土是黄土
水泥是水泥
没有反反复复的开膛破肚
这里的道路如此真实

牛羊与石头融为一色
老人夹着烟
与自然万物对话
他沉默着像在祈求一场雪
下进血管里
七横八错
流入凉山

那些让我走得不踏实的
坑坑洼洼的山路

海鸥叫醒我的不是睡意
是昨晚延至今晨的失眠
它们乘坐最早的一班船
欣赏日出
而我脚踏四川
眼望云南

朱砂的坟墓

如果送我项链
不要钻石　不要珍珠
我不要戴着冰冷的假象
更不想感受痛苦的孕育

我只要朱砂
它不用纯净无瑕
但一定要浑然天成
就像你曾那样抚摸过它的棱角
珍惜它带来的好运

大雁叼着冰冷的时间
飞过无边的苍穹
一路向南
原来朱砂会跟着人一同死去
当它再也无法救治我们的心

如果有一天
你的名字像一声哀鸣
掉落在这里
我不会拾起
也再不会匆匆离去
我会静静地站在原地

任由风的摆布

如果还有活下去的欲望
就是用尽余生
做一个守墓人

梦　魇

我的床底下
有一个怪物
它会唱歌
会放声大笑
又时而哭泣不止

它尝过很多糖果
但那还不是最甜蜜的东西
它羡慕树上的鸟儿
因为树和鸟儿没有契约

眼睛是只怪物
让我们邪恶
让我们恐惧
我已看不见
任何离我远去的东西
甚至你
黑夜
是让我们找回在白天迷失的路
当怪物住进心里
眼睛便是多余的东西

丑是一种形状
美是无形的
活着是件苦差事
即便没人想要杀死我们

葬礼啊

路边的菊和梅
开得灿烂
猪仔们挤在门口偷看
公鸡兴奋地啄着箩筐里的猪头肉

妇人背着小孩跪下
又站起
把无泪之泪擦干
继续柴米油盐家长里短
哀乐无分尊卑
一样的旋律
几个衣着暴露的少女
跳起欢快热辣的艳舞
化悲痛为喜丧
花枝招展

这是一场闽南乡村的葬礼
"奏乐~起棺~"
六枚钉子盖棺定论
鞭炮炸响鼓乐齐鸣呼天抢地
唯婴儿的啼哭
最是天然

去时八抬大杠
回时两手空空
殡仪馆的骨灰盒最低六千
他一辈子没见过那么多钱
源于尘,归于尘
生前逆来顺受,死后随遇而安
风吹过,水流过
野菊开在路边
腊梅依然烂漫

故　乡

老家今年气候反常
暖冬如春
梅花开得稀疏
野草和秸秆挂满晨露
阳光庇护着世间万物

乡亲们无所事事
在村里村外转悠
阿婆惦记着狗又生崽了
谁家的女娃找了个上门女婿

两只鹅扭动肥胖的身子
在稻田里大摇大摆地踱步
用中气十足的歌声一唱一和
她们不会知道，厨房里
主人正在磨刀霍霍

故乡总以阳光迎我
用雨水为我送行
希望在对我隐隐召唤
我要奔向另一座城市
千丝万缕的牵挂
一如影子，在我的身后
拉得很长很长

酒后，想起张典

喝了半夜，山花，
与青岩，都没说话。

在星辰的笔迹间，没看到你的留言。

春天还等待着那些高树：
就像张典，就像河边的白杨——

我们跳进月亮，也会被黑暗捞出来。

在苹果树荫下

在苹果树荫下，忽然忘掉了
要写些什么。
那时候，母亲还在——
我在苹果花下喝着羊奶。

在婆婆后院的柿子树上，
我像小鸡那样睡觉。
冯永伟说，如果你把鸡改成你，
这首诗就更加完美了。

我没听他的，在树枝上睡觉的
还是鸡。诗歌
也许不可能完美。喝桑葚酒时，
我想起了母亲，还有父亲。

如果天地不那么黑，他们会

活得再长久一些。
是的，我们的先人，
也总是生存于炭火之中。

酒醉的时候，我又想起了
纪伯伦，在葡萄酒的影子里
他独自流泪，为了一小片消失的原野，
为了溪水和小鸟的哭泣。

瓦松新娘

每一株瓦松都是一个
美丽的新娘。
在旧日的瓦片和青天之间，
她从不等待任何人。

小时候，我们总是仰望。
她也像上帝那样，漫不经心。
月亮总是在树梢间失约——
就像逝去的父母，悬挂在虚无的真实间。

在清晨或傍晚，庄子
总在那里浮荡，一个腰舟，一棵树。
还有帕斯捷尔纳克，
在黑暗的领地，他依旧露水盈眶。

在没有月亮的夜晚，死亡从不会到来——
你看到的都是假象。
在温柔的光辉下，瓦松敲打着瓦片：
我是瓦松，你是谁？

红　栌

她当然不像她自己。
在雨水与雾水之间，一团红色
舞蹈的小鸟。他
多么希望自己是郁达夫，
迟开的桂花。

没有比书信更纯洁的芦花了，
没有。直到上一课，
你用微微颤抖的叶子问：
那是什么？
那只是满地的石头花瓣。

九宫松叶酒也不认识自己，
在蘸羊肉和小白菜之间，
有一个美丽的过去：
我们像红栌与黄栌，刚刚相见。

摆渡人

蓝色的雪花想做摆渡人，
风把它吹向远方。

不知名字的花，也来了——
在灰暗的中国，她
依然像花那么美。

她静静地站在岸边，
像一个真正的摆渡人。
直到天上所有的亮光都灭了，
也没等来过河的人。

灯 蛾

在细枝的光下，
她安静地飞着——
在清澈的涛声中。

没有因你在身边
而更喜悦的春日了——
桃花落了，仿佛还未曾开。

数不清的星星，
田野里的婆婆纳。
你缓缓地飞向——
那不存在的蜡烛。

口 哨
——给Tove Styrke

我在写诗，柳枝吹着口哨。
蓝色微光里的姑娘，
躺在不远处，月亮的斜坡。
她弯曲的睫毛上
有两片雪花、一个圆圆的梦。

王小拧 的诗

母 系

从家里翻出一对老物件
泛着铜绿的仙鹤踏龟
显然
高的是公　矮的是母
一掂分量
公的轻　母的重

无名车站

两个人
撑着伞
蹲在地上
像两朵蘑菇
等着公交车
采摘。

声 音

这张大床有一些异响
木头和木头之间
弹簧和弹簧之间
木头和弹簧之间

"还有一种声音你听不见
在木头内部
虫子常年的啃噬。"

破局者

天还大亮
月亮就出来了
在蔚蓝的画布底端,在水杉的头顶
隔着河水,隔着黑色的电线
我望着她,她也望着我

我知道的,我们都在
等一只燕子飞过

催　熟

四个绿绿的
牛油果
四个红红的
大苹果
一个挨一个
被码放在
牛奶纸盒里
周围塞满了白色的纸

牛油果会变成褐色
苹果还是红红的
纸
变成什么样
不重要

儿童乐园

上班前遛狗
小区的儿童乐园
还有点冷清

黄色的小秋千上
一个中年男人
下颌高高抬起
迎着早晨八九点钟的太阳
抬高下颌　露出牙齿
在笑

安全演习（致MH）

她带着一身的酒气
和满嘴的大蒜味
强行挤进我的被窝
像个男人一样
搂住我

不一会儿
伴随着轻微的鼾声
她睡着了

我把右腿搭在她身上
悄悄地脱下
左脚的毛线袜子
冰凉的脚丫
来回在她脚面摩擦
她微微动了动身子
我又悄悄地
穿了回去

多了一把椅子

在市郊的一个丁字路口
画一个圆满的白圈
在中间

烧一堆衣物被褥
这次
多了一把椅子

它留下一副完整的金属骨架
站在灰烬边缘

预　兆

人行道上画了一些细线
指向窨井和散水口

它不是看上去的装饰效果
是深刻
革命
大动干戈

梦

我来到童年时的幼儿园
幼儿园被搬到低矮的茅草屋
我问这里的小朋友
你们在里面上课不难受吗？
他们齐声回答
"不难受，因为有小草可以看。"

留　香

三代人。正在合力做一件事儿
爸爸勾枝条
爷爷薅桂花
小孙子手捧纸盒

说是，放在车里替代车载香水

年轻的姑娘经过那里
闭起眼睛，贪婪地
做了几个深呼吸

老郎中

半夜，追魂似的敲门
惊醒了他。三道弯余良
清了清嗓子，"啥事？"
"表伯，俺爷心绞痛，您快去瞧瞧。"
他说中。裤子已穿上一条腿
左脚趿摸着那只鞋
不慌不忙地打开门，"别急，
喝哩啥汤？""没喝，
吃了五六个软柿子。"
"哦，走。"旧药箱递给余良背
没忘了从门后抄起老笨炮
多年的习惯，每回夜诊
几家邻居的狗撵着送，他呵斥
无声。出村，抄近道
余良拿的桐油籽火快燃尽
下坡时漆黑，走得慢
几次还差点崴了脚
余良不住地，"伯，慢点。
您慢点。""没事，路熟。"
他声音发颤，急，也害怕
过一片栎树林
被惊起的鸟，扑楞楞地飞
"瘆人。"余良说
"别怕，走夜路都是自己吓自己。"
正说着，路中间像个人
"谁？"不见回音
再问，还是不回
"伯，我来时可啥也没有。"
余良小声说。扔出的石头落到附近也不吭气

是人吗？他心里也没了底
这儿不会有啥东西
他压低了嗓门："走，绕过去。"
真想搂一枪，又怕误伤人
万一是个流浪汉
哑巴？可也说不准
他们钻进栎树林，滑下陡坡
过干沟，回头
模模糊糊的，还戳在原地
经过一道堰，拐了三道弯
一片狗叫，谁也不理会，紧赶
到家后，他爷爷半个时辰前喝了点烟壳水
但还在那哼哼唧唧
把脉。捻着山羊胡，问
站起来时，碰倒了老笨炮
一声闷响
打死了他的病人

王二德

他的故事在雨中继续
只是那时比这会儿大些
由于填表人一时疏忽
"中国扶贫网"上的王二德
其实就是坐在我右手一尺开外的
王三德，兄弟四人
老幺转业到油田以后
很少回来。我的目光反复
在三间瓦房上面
一片栎林茂盛的山坡
大哥老实，二哥患有精神病
死前一年，在外流浪
乞讨。与大哥一样终身未娶
两只叫声格外婉转的山雀

在河沟对面的杨树上
他有点口吃，加上牙掉
吐字混音："唉，都说我人好命不好，
拾个儿子也不争气。"
接下来的这句给我说过
"进城办完抱养手续，
没舍得喝一碗浆面条。"
雨，不紧不慢的
"你不知道，
那孩子是个豁嘴。"
"哦。"他下厚上薄的唇
艰难地吐了句："脑子也有问题。"
等了会儿："出去仨月了，
也没个信。"我说可能就在附近
没身份证远不了
"谁知道。"我知道他儿子二十二
每次回家，弄点钱就突然消失
我试探着："你别太上心，
这样的孩子……"
他不再说话，接连喝了几口热茶
我趁机反转话题
"说不了这次给你领个儿媳回来。"
他很快转过脸
朝着我哈哈大笑
"应了你的口气我给你灌酒喝。"
我说那好。雨势小了
他捏着空纸杯，不让再续水
这个四十多年前，有过短暂婚史的老人
已经因病不能干活
"我去给××薅药去。
顺便到庙上看一看。
唉，张嘴容易合嘴难哦。"
说完起身就走
迈着八字步晃出了村部大门
走过一段红漆铁栅栏

我想着他，打开河北岸
小庙门上的铜锁，打开每个月的
初一、十五
却没有能够打开
所有的日子

滑过……

下午的阳光滑过书脊
滑过感性与理性如同滑过山坡
沟壑；滑过修剪后的
梨树、麦田、岭上公路
滑过书柜的边框
长白山的红松林，老木匠
前额的汗珠；滑过
墙壁，青石板上的羊蹄印
风化图；滑过长河
流水中的沙，逆行的鱼群
滑过窗帘，井架
棉花地，纺织女工溜出帽子的一缕烟发
经纬的孔；草原
雪山脚下，唐三彩
滑过一匹马，赶在日落之前
画上句号

苍穹之下

终于可以写一场浩瀚的雪
一场兵临城下,和我们疲惫而归的战役

我时常在古代
忍受赤足、流放、饥荒
忍受巨大的声响在体内结出冰霜

我站着,在画中
我惊讶黑暗给予夜空的惊喜
我把苍茫和辽阔还给天地
我可以站在茫茫荒原上
练习疲惫和战栗
可以一个人学习苍穹的广阔

人世间

我张嘴,一阵清凉的风
带着洁净的疤
和羞赧的祝福
来到我的胸膛

此刻,我让出全部的爱
全部的痴迷和辽阔

此刻我张嘴,呼进人世的苍白
呼出浩大的悲凉
我认得一切绝美的事物
比如,青灯里的枯枝

它们站在愧疚里熊熊燃烧

遗　忘

我经常忘记什么
关于我许下的承诺，我忘记了
关于我在草原上宰杀的羔羊，我忘记了
我说过的善，如同熄灭的焰火
我认同的恶，正与我同生

我忘记一个人的谎言、焦虑、颠踬
我忘记我自己
在惊慌失措的夜晚，持续地忘记被摧毁的事物

一簇桔梗花忘记凋零的日子
我忘记自己也曾深情地凝望冬天

我从草原来

带着箭镞、母语和高高的焰火
带着毡篷下亲人的爱
带着唯一的信仰，唯一的黎明前的宣誓
我从草原来，带着恩养的宁静
细小的身形、烈马和长鞭
我奔驰在遥远的南方之南
我宁愿自己是灯火下最微弱的一盏
最脆弱的影子

我从草原来，带着母性的温柔
和草叶的一生，接受南方的再教育
人们从我的身体里牵出野马，引出河流
这一系列的事物带着少女的娇羞与迷恋
带着毡帐

带着故土的血脉
奔跑在环城公路上
我奔跑,带着牧场的璀璨星辰

秘　密

我爱你,在一滴水中
在一滴水的全部秘密里
这秘密柔软、猛烈,带着冒犯的惊喜
这秘密正被你命名、收割
被你缓慢地放进秋日的底部
我爱你,在纷至沓来的人群中
茫茫——
涩涩——
像无数颗星子,像海的女儿
今夜,雪落满稻田
我们想起彼此,寒鸦归来
我们抱紧彼此,白荻迎着高阳
深秋在稻田里放肆地明亮

最　后

人们停下来,等待指责
我手里的烛火也会停下来
光,越来越弱,越来越暗
像无力的孩子
像人类,那样死去

人们不知疲惫,越陷越深
我也在沼泽中挣扎
无辜的人,无法自拔
像煤油灯枯竭
像爱人一样死去

人们颤抖,在忏悔中救赎
我也会变成圣徒
我笃信的命运
像花瓣般绚烂
像花瓣般凋零

沉　思

不是你不知,而是
我不言,在沉默中炸裂的凌霄花
在棺木中轮回的亡灵

万物趋向苦涩的黎明
你沉重的影子,总误入莲花的深处

铜牒细响

两个铜牒指向我,还好有群山为证,有七颗星
围绕云雾散去的地方,立字为据
风声为信,闪电为瓶中信
为了足够的美,我选择摘除残缺的部分
我选择重新解读真理,赞美
过期失效的事物
尖叫穿过灌木丛
鸦鹊在高原上整理着羽翅
唯有两个铜牒在空中
在一阵细密的雨中
在一封来自呼伦贝尔的信件中
急急地呼救
绕过山路和古旧的村庄,在南国的
水湾里迫切地自救
两个铜牒撞击损毁,被无声的暴雨

深　省

即将归于平静
不和谐的事物也将终结
我每日戴着口罩穿梭于大街小巷
交换秘密和罪责
有时手中的斧头砍向自己
雷鸣在斧头上获得平静

当有人停下来整理体内的血液
我愿交出白骨，击碎灵魂中柔弱的光

吴少东 的诗

鸣叫的笼子

清晨我仰躺床上听窗外的鸟鸣
密集，悠长，脆短，叫声无序
我辨不出其中的忧伤、快乐与呼喊
似乎有三只鸟同在一个笼中

我在鸟的一声声里填充自制的疫苗
想这整个春天的遭遇与顿悟
侧身而卧时，我确定有两只笼子
一只是那几只鸟的，一只是我的

雨水之后

雨水之后一场雨还是泼了下来。
雨水只是立春后的节点，
这一天不一定非得要下雨。
这一天后一定会有雨下下来。
年纪愈大，愈发信赖农历

许多年前我就厌倦诸多理论
对以为首创的高论者，自生斥力。
朝霞不出门，晚霞行千里
常识里藏有雨伞和草帽。
伟大的先哲千百年前已遍竖灯塔
这个时代我们仅需垂手仰望。
雨声中有的只是磅礴的昭示，
盲目自大的训诫者该撞墙而死。
穿荆过棘的我，自有痛感提醒
熟知的常识已足够指引我一生

这场雨的前奏没有响雷，
那么多条雨同时击打大地。
我信这雨声甚过雷声。
我如一名双盲实验的患者
我辨出了雷的宽心丸和雨的新药

楼　上

楼上，女孩又开始跳绳了
密集而有力的声响敲击暮晚
久居斗室的人关节疼痛
我能想象连续跃起的舒展

这些天我已能忍受不同的噪音
忍受快递员与门卫隔着口罩争吵
但消逝的哨声与不断的阴谋论
实在令人无法容忍

我的膝关节与肘关节咔咔作响
我在阳台上对着空城挥拳
垂直的幕墙循环跳出"加油"
晚风明确，但我不知宿主何在

冲出丛林的飞鸟像一片树叶
落在突出的楼顶上，鸣叫
一声两声三声，一例两例三例
空竹之声在楼宇间回旋

洪水过后

洪水过后，倒伏河中的构树
露出鲸鱼的黑脊背

一群园林工人用棕绳连根
带干，一一拖到岸上
林中翻卷土坑，鹰眼
闪现潮湿的火山

一棵棵小构树原地栽上了
覆土如坟，泥泞的树叶
散落在死过一回的地上
蝉鸣一声紧过一声

庚子年的仲夏我已坦然

庚子年的仲夏我已坦然许多
不再似初春时，忧心忡忡
暴雨一天大过一天
我竟忘了沼泽般的疫情

对一切甚嚣尘上的事物
越来越不太在意，笃信
自然与常识的律力
皓首如雪，不着一字如宣纸
无非废去我的中年

一滴雨落下，孰先孰后
落于何处，高水低流
这些都无关紧要
大地早备好硕大的杯盏

昨夜闻听破了十八联圩
我也没有过于惊悸
你造下的，你须担承
心中的十八连营一再被破
但破阵者大都是我自己

我的体内坑坑洼洼
布满平静的蓄洪区

早晨我在两场雨的缝隙间

早晨我在两场雨的缝隙间行走
院中的地砖湿过又干
不久还得再次湿去，我知道
一场暴雨将在傍晚生成

走在青苔勾缝的地砖上
瞬间感觉壁立于前朝的城墙
破损处垂悬美人指甲般的绿叶
书生变成了侠客

庚子年春夏，朝晴暮雨
我的一些冲动夙夜不息
口罩摘下又戴上，一些话
始终没能完整说出

风中的柳絮在墙头痛得翻滚
却仅有无法言说的轻飘
一夜的骤雨就将其钉在地上
湿过又干，干过又湿

罗秋红 的诗

那是白蝴蝶

你看见的雪花不是雪花
是死去的人在述说属于他们
自己的语言。
我把这个想法告诉一个诗人
他说：不是语言，是诗句中的
白蝴蝶。它们需要与人间烟火
有机衔接，它们同样担心骨架
被冷风打散。它们重新定义血管里
奔腾的序曲，它们用这样的序曲叫醒
从前的麦茬和虫鸣；叫醒野花
羞于表达的那部分耍酷尾音。

此刻，我看见雪花，像屋檐下的
燕子，它们飞呀飞，而所有的诗句
都冲出来，为它们鼓掌。
这缠绵的景象，让人忘记伤疤处
残留的悼词。仿佛眼前的一切
都是前世的复述。

漂流瓶

坐在坟堆旁
鸟鸣告诉我用墓碑作曲
把废墟的咆哮抠出来
它们把我拘留在
深颜色梦境里

低下幸存者头颅

虚空中，一只漂流瓶
替我把鱼竿垂钓的月亮
收进菖蒲的器官。

关于天空的话题

乌鸦对布谷鸟说：天空是一个大坟场
上面的星星是磷火，上面的云朵
是濒临绝境的人，躲在棺椁旁
写下的诗句。而闪电则是
魔鬼焚烧诗句，诗句带着火焰，
匆忙向地面逃窜。

布谷鸟对乌鸦说：天空是一只
被搁浅的大船，上面的星星是船上的
吊灯。上面的云朵是一个旅客
为流浪的人留下的汤丸子。
而闪电则是流浪的人烧烤汤丸子
结果炉子意外爆炸……

猫头鹰从棺椁旁冲出来对乌鸦和布谷鸟说：
你们都没有说对，其实天空
是一只鹰用意念写下的草稿，
它找上帝去修改
上帝一直没有时间修改。

咖　啡

躲过麻雀的尖叫
躲过拜金主义摇响的喧嚣
在某个角落里冲一杯咖啡
一个影子磕碰你的杯沿
冥想从里面游出来

为沉默的诗句打造
小宫殿。婴孩时期的月亮
自封为王,为你找回
那么多你爱吃的
茴香豆和芝麻糖。

此刻,琴声黏合夕阳扯出的
小贝壳。圆润铺开仙女的棋盘
海浪气息,顺从蓝色丝绒引领。
一杯咖啡的甜味,缝补了
贝类邮戳里的缺口。

瓶　颈

每当写作遇到瓶颈
我便打开窗户看那些
散步的人群。我用想象
让这些人进入我的王国。

我说:那个背影真像妈妈。
我的想象便拍着我的肩:
"她就是你的妈妈"。我又说:
那个背影真像爸爸。我的想象
便拍着我的肩:"他就是你的爸爸。"
这时,我的冥想从玻璃反光中
走出来,皱着眉对我说:
"你身上怎么有你妈妈的汗味?!"
而桌上父亲曾经送给我的
那支钢笔,也移动着,回到了
"十八岁女孩的衣兜"。
一些明亮的事物背着我冥想里
安放的雁鸣,踩痛昔日篱笆上
挂着的,一串串红灯笼。

冰 花

可惜那时没有相机
没有把人们对你的敬畏
拍摄下来。
印象中你用喑哑的歌喉
安慰过废墟之上的玻璃
你说：美好的事物都很短暂
但只要心中住着一个"点灯的人"
哪怕瞬间就凋零，也要展示
骏马似的体魄，以及心灵抗争
触摸到的快乐与欣慰。

你咬紧牙关，听孤星向宇宙申诉。
听苏醒的花草，
传递智能之外的某种呓语。

此刻，面对夕阳，你并不惊慌
你又说：心中装着圣人的誓言
枕着水的小胳膊，睡一觉，
明年醒来，你依然是
可爱的小精灵。

雨或者风

一定是先有风,后有雨
不然为什么风走了,雨还在下
这些行走的事物
还没学会等待的娴雅

一定是先有雨,后有风
不然为什么雨停了,风还在刮
雨有了显山显水的儿女
风还没有安家

风雨交加的夜晚
越发找不到那个准确的回答
这世界稀里哗啦的
你有你的梦寐,我有我的天涯

五　味

酸甜苦辣咸
我们都分别尝过
五味调和
已经成了我们搬动舌头的苦役
一枚酸葡萄
首先刺激到我们的腮腺
让我们有了心照不宣的吞咽

有人说甜蜜不是好东西
粥的糖分如同温柔的诡计
良药苦口又苦心

苦到极致，我们开始变得聪明
就像苦瓜的丑陋

"辣死个嘴馋的"
其实比辣更辣的是酒的鬼魅
我们大面积相信医生的口头禅
"少吃辛辣"
好像"月亮掉到井里了"

剩下咸
不吃要命，吃多了更要命
五味杂陈
我们却一个比一个都会津津乐道

苦

具体来说说这苦吧
其实不大好讲
不妨从植物开始
"采苦采苦，首阳之下"
茯苓，那些散落在尘寰的野精灵
命定的一道菜
打开人间最初的味蕾

苦荼，苦茶
分得清又分不清
苦菜花盛开在苦苣的旁边
装点长满根须的苦日子

苦的命根子牢
比如柚的淡明黄
皮厚，包藏着千丝万缕的苦心思
那种不成熟的苦
安插下劳心的酸甜滋味

苦味令人难受
而苦尽甘来令人期待
从辛苦,到愁苦,到痛苦,到苦其心志
苦好比恨,到了极致就是爱
不好再说下去了
是个什么,就是什么

在秋色中

在秋色中
不让心走动是危险的
这赴宴的落叶
保存着粉身碎骨的声响
对我们来说
都是最为精粹的语言
在落叶的旁边
金黄的稻穗持有相对的沉默

在秋色中
不让心奔跑是危险的
秋风扫落叶
为我们打开重生的道路
我们用快速度追赶加速度
瞬间消失的回眸
构成原野上的原风景

在秋色中
不让心飞翔是危险的
秋高气爽在于高
高高在上的鸟瞰原来如此巨大宽广
翅膀的自由
或者不可言喻的惯性
让我们在一次次的凝望里
成了心怀鬼胎的人

钟 声

我与这座城市最脱不了干系的
是你和你一手炮制的钟声
一直以来
我与你非亲非故
却藕断丝连

天空辽阔，一座城市的闹钟
在苍茫中按次地敲打
这人间的绝响
每一声新得就像婴儿的第一声啼哭

更多的喧嚣笼罩在大地的表面
春秋的伏笔
宽于坠落的幽邃
而我总是在忙碌中把你遗忘

蹲守在城市之巅的打更人
拯救着我的倾听
当雨后的沉静让钟声更加悠远
欲望沦落为深情
所有的时间
都变幻成了等待的行囊

一盘散沙

喜欢上了这一盘散沙
这发了芽的悖论学
指不定哪天就要开花结果
如果说是沙子
在一个盘上
断定也不会散到哪儿去
如果说是一些相关联的东西

比如地瓜、猕猴桃、柚子、橘
月饼、火龙果、巧克力
还有多发的思念、易碎的猜度
以及药丸的小组合
分装药丸的透明的塑料袋
塑料袋紧口的辣椒红
和椭圆体的晶莹黄
以及袋装的明天、后天和大后天
这魔幻般的盘啊
聚拢了这么多散不开的沙

一盘散沙，盘到底有多大
"能把整个世界装下"
哦，爱死了这一盘散沙捏不到一块
其实不用捏
这每一粒会说话的沙子
都是眉目间的小意外
都是掌心的小存在
都是玲珑可爱的小妖怪

同　学

四十年前的同学
四十年后加了微信
一聊就有了感觉
一下子
就有了那么多的微笑与花朵

四十年
十八万个时辰
一万四千六百个梦境
竟然还不能将曾经濒于遗忘的熟悉
变陌生

燕麦片

我只知道小麦田里有一种杂草
叫燕麦
小时候，我扯过这种草
我用过力的虎口
一不小心
就被燕麦秆子勒伤
让我看到血流的样子

我不知道燕麦片是不是那个燕麦
我一直怀疑
燕麦可能是赝麦的误写
你看燕麦片多好啊
清淡，黏稠
粗糙得就像麦地上抛掷的方言
让我看到麦穗一样的从前

年轮的偏方

树木一直在努力啊
从嫩绿出发
早已断送了全部的退路

年轮保持着生长、存在与死亡
这些向上的事物
有各自完好的圆心
以及波浪般的柔软情肠

时间。预定的过客
在所有看得到或者看不到的地方
留下足印
同时留下微恙与沉疴、迷醉与顿悟
旋转的年轮

草药一样的图腾
拂临照例甦生的霞霓和雨光

年轮以年为单位
将倒伏的春夏秋冬稳妥收藏
年轮恰似偏方
而悄然分布的皱纹，一路敲打着
辛甘难辨的声利场

黎阳 的诗
LI YANG

问我归期，人醉黄花地

春风拂面，这新津的油菜花
又一次占领了心扉封面
枯坐亭里言说诗歌的人
如今去向何处　留下遥遥无期的背影
说与同行者听

赏心乐事谁家院

隔岸观火，的确可以让人同乐
唢呐冲出墙垣，一树芳菲
也可传出十里动心的馨香
换新衣，戴新冠
这漫长的隔离生活渐行渐远

事了拂衣去

花开自然就要花落
这没有错　繁华褪尽
就只剩下这一幢身影
驻足远送，有无风雨都好
只要在意这眼前之人即可

天将暮，江上晚来堪画处

一船晚景，从清江中路泊来
夕阳不语，过客匆匆

只好把所有疲劳交给手机音乐
再把乡音反复轻吟
归心里女儿的笑颜有所不同

霜叶，飞来就我题红

中年的白发，或许也是褒奖
这辈子总算有些付出　换来
些许回报，人在旅途
或多或少会有遗珠之憾
命运会偏差过谁半点

东风还又，野花开暮春时候

没有人知道我出生在东风里
森林环绕，溪水长流
漫山遍野的蒲公英带着我
入津去粤入川　此刻
这半生的飘零只是一首词牌

只念木石前盟

金玉的缘来缘去
机关算尽，朽木不能雕
落井之石不能娶
这一世，也落得干干爽爽
不忘前恩结草衔环

缘琴翻出音律同

知音本来就难遇

何况遇上也未必自知
你把所有的心事都放在里面
也要真的，有人能懂
相逢一笑

向凉亭披襟散发

中年　这初秋的顶楼
还是有风，有些不一样的眼神
不再捉襟见肘，却还是意犹未尽
谁的青春不先声夺人
只是这浪劲过了也就过了

重冈已隔红尘断

望山之心早已飞出母亲在那头
只是这红尘难断，女儿每天都在
笑容里展开着新的时光
她会陪我到老，到真的走不动
或许只有倒下才是最后的终点站

夕阳下，落花水香

望江亭，合江亭
一亭之间有多少风雨兼程
锦江中多少岁月石沉不出
那九眼桥下，一支樯橹
能否渡过这远眺的人

夕阳低送,小楼数点残鸿

昨日之日散淡随风　暮鼓重
仰望西岭只见雪上峰
川西南之南,邛海火正浓
森林武警命也青葱
再见已是仙鹤腾空

报平安,日日看青山

六个片区火点　2578人彻夜值守
未发生复燃,未发现烟点
这火灾烧得人心难安
天天防火,夜夜防贼
总是一句平安无事性命攸关

拂琴三弄,清江路西东

草堂在望,百花潭开
人在清江行
一行红星路上灯
一行平仄驱人生
五商之外,唤起凌波仙人梦

客梦回,离人几行清泪

嫩江不远兴安在望
青山嘴下　噜哩河还在流淌
双合之后　孤舟万里再无家
如今了无牵挂　还是牵挂
年少芳华

试墨临池闲中乐

人字难写，这一撇
一身忧，命也在手
孝敬老人须有春秋
那一捺，儿女补助
冬暖夏凉一心愁

几点霜鬓影，烟柳苍苍

容颜易改，几许乡音动心弦
家常菜道道书母爱
意欲乘风归隐追白鹤
嫩柳芬芳刚吐叶
能奈何，笑问客从何处来

瘦竹随风摆，掩柴扉冷书斋

我有三半斋，妻一半
女一半，我一半
一家三散，夜夜声做伴
日日饺子面
思团圆盼团圆团圆不见

云笼月，鹧鸪啼处满尘埃

在低处的呻吟，只会让疼痛
成为一句诗打开的风景
谁不会在云朵的下面仰望
这一路的平仄　空即是色
即是你没有退掉的生活

流岁又迁,望家思献寿

羊羔跪乳,这一跪才是真的
父亲依然要留在黑土地上
那边埋有他的父亲和妻子
而我们这些孩子,天各一方
一方香火飘荡

失重的石头

短缺,这是一个严重的问题
尼采的哲学,在这变成了移动的夜
离开海谁都没有资格说船,包括悬崖、松树、湖水
包括叔叔和欧雷

船,在渺茫的空间里
没有稳定和安全,哗啦啦的锚
钻的多么远啊,母鱼把宝宝挂在上面
我知道每一个有舵的爱人
都有个水做的母亲

在这宁静的地方
向你诉说一点点沉默
这就是距离,就是身体与思想的形状
就是在读一本
读不懂的书

把世界框进画里

这个世界
像花瓣一样四分五裂
说起桃花,她用了粉碎以后的口气
虚空中,比身体更俱全的
是弥漫的枝叶

她说,鸟来了
杜鹃和布谷

解开了疼痛的疙瘩
冬天,都在等待鸟和花,在波澜停歇之前
只有春天才这样完整

风没日没夜地吹
像冬天的灞河
述说着汛期
这时,为钓鱼的倔老头添上游动的雾霭
这世界就有了一张慈祥的脸

每个人都有一棵自己的菊花

九岁那年冬天
邻居送来两棵菊花
根须细致的,能看到轻微的颤抖
她撑着两三片稚嫩的叶子
像顽皮和好奇的孩童

她从母体剥离
来到我家,和我住在一起
我经常趴在她的叶子上闻她淡淡的药香
我每天都凑上去等待第一个花骨朵
其实,我在等待一个新的冬天
只是那时我还不懂

我的第一棵菊花
在冬天开出了自己的花
后来,她一直盛开着,繁衍着
在热爱与艰涩的人生里,在贫瘠或肥沃的土地上
独自去繁花去凋敝,而菊花,就成了
那朵我们能看到的自己

大雪将至

进厂区时
大家都在跺脚
被人带来的新泥巴
在门外认识了旧泥巴
汉中、咸阳、秦岭、丹凤、延安
粘在一起

百里之外
是将至未至的
大雪,零星的小雪花
提前化了,梧桐用叶蓄下的水
滴在我脸上

我伸手
没有接住风
也没有接住雪花
天空很重,根本无力把握
我只好重新低下头

完　美

三叔把编好的小笼子拿出来
笼子是荆条的,每一根都像弓一样
小门会上下开合,更细小的荆条别在外面
我惊诧他把牢笼编得像工艺品
特别是那个别门的小棍
像伪装极好的陷阱

一切都很自然
像我读完的一本诗集
树认真数完的一片落叶

花生认真等待的一次脱逃
小笼子认真等着的一只猎物

深秋是完美的
世界将被还原成创世纪的模样
山峦有了地壳起伏的曲线，河流有了纵横的痕迹
只有土地，被切割得让人忘记了田野
我想念田野，能看到田野的秋天
才是完美的秋天

田埂和路过田埂

第一场霜后
外公又犁了一遍地
他赶着大黄牛，抖一抖手里的绳子
犁铧就开出一朵朵泥土的花来
他从不用鞭子打牛
也不卖牛和杀牛

家里的牛老死后
伤心的外公，一遍遍地说
活到头，就不受罪了，声音越来越苍老
他不能养牛后，就每天扫院子
把泥土扫到树根下
用脚踩实

他蹲在田埂上
像一块石头守着田野
风吹着他手中的烟和对面山上的云
都飘在这片土地的上空，一棵成熟的麦子
被土地收养，为土地弓身
最终化为土地

独自的安静

一条安静的小路
虫鸣、鸟啼,芦苇、蒲草、野花与鬼针刺
在彼此中栽种和消灭着彼此

一只黑色的鸟
很重要,它扇动白色的翅膀
为天空和我带来了风

我们就这样
接近,然后分开
像灞河里的云往复于水天之间

夜鱼 的诗

坐轮椅的男人与狗

小区院子里,时常看见
一位坐轮椅的男人,四十多岁
偶尔有人陪,多数时候
只有一只小小的泰迪
蜷伏在他腿上
是天生残疾?还是后天灾祸?
一个大男人为何要养一只小奶狗?
不得而知,我也没资格同情
甚至不敢多看他一眼
碰见了就垂下头,眼光正好落在
狗身上:棕色的小卷毛刚开始很稀疏
抚触之下,显出瘦精精的小骨架
再后来,卷毛越来越密
不再软塌塌地蜷伏
有了想跳下来的精神气
它跃跃欲试,站起来抖抖卷毛
但只要转动过轮椅的手轻轻拍一下
就又趴俯蜷缩进男子怀里
仿佛它领受过神恩,背负了使命
要守护被命运重击的人
庚子年开始,历经疫情期
就再也没见过他们,今天我忽然想起
兴许搬家了,兴许搬到了车辆稀少的小区
兴许正在花树馥郁的小径上顺畅穿行

陶器的自我

一排排原木展架看过去

龙凤牡丹喜鹊万福……
传统的花纹，在民间器皿常见的造型上
闪着或鳝鱼黄或黑褐的釉光
无意间，一尊特殊造型的陶器
闯入眼帘：肚腹扭曲向内卷折
看起来既痛苦又岿然稳固
釉彩厚润，也能映照也能反射
毕加索式先锋探索？放眼望去
满室规规矩矩的伫立
唯它在冒犯
这，这是什么意思？解说员
很快解惑：烧坏了而已
不觉讶然——
经过练泥、拉坯、刻花、施釉……
一系列烦琐
再置身于一千多度
几百件不出意外，它却挣扎不按套路
且安然跻身，平和自处
仿佛失败不是一种否定
而是另外一种自我存在的形式

植物名

除了梅兰竹菊
我认识的植物还有
香樟、梧桐、丹桂、杨柳、桦树
茅针草、蒲公英、野胡萝卜花
芦苇、茇茇草、看麦娘……

可以写满一部厚厚的大书
可以从嗷嗷待哺
一直葳蕤至
往生之后

香橼和构树
属少小邂逅
老大之后又不知所踪

香橼姓张
在苏北盐城东台的某座老院落里
另一棵姓高
在丹阳运河边外婆家的门口
烂兮兮的红果
噼里啪啦地坠落

尼龙绸被面

我又一次搬动挪移
在这之前，它们已经历了
数次远距离迁徙。落户此屋最久
重新装修时，我扔掉了很多
旧物旧衣旧褥，却留下了它们
明黄、桃红、翠绿
年年无损的艳，并非来自桑蚕
准确地说应该叫尼龙绸
上世纪的物美价廉
母亲精心挑选搭配
以此承托对我婚姻的祝福
她不屑于现成被套
也不屑我的喜好
那些极简古旧甚至暗淡的事物
执意挑出大红的龙凤呈祥
一遍遍给我示范烦琐的缝被技术
她已走一年多，从此再也看不到
看不到庚子年某日
我踩着兰草席，踏着老榆木茶几
将绸被面妥帖安置时
脸颊都被它们映亮的情景

晚宴记

暗底纹的牡丹,涌到脖颈处
被压抑的热烈,如任意截取的一段岁月
在现代骄矜的奢靡里
错身其中。她捏着衣服下摆,细细把玩
一枚扭绞精致的盘扣。丝绵有不易察觉的晃动
她裹着旧图腾的尊贵悄悄逆行
浮生若梦,总是这样,对面的人一坐定
笑意荡漾,似曾相识
又或者活着活着就活成了面目相似
时间不断镌刻,又不断淡去
却从不揭示事物内部勾连的真正原因。那些隐秘
不是静止的,如不小心打翻杯子后
白色餐布上的茶渍短暂变形
如她,依旧热爱纯棉的质地
他们起身告别。各自遁入人流,他开始疑惑
是否真的存在不经世俗濡染的事物
而她越过霓虹、车流、种种诡异的世相
因明白了时间热衷于绕行,并确信终将与故人
在逆向的气流声里不期而遇

微 温

早晨清淡的阳光从云缝间射来
那微温,涂抹着
结霜的草坪、车窗,和昨天驶过踏过的路

中午,在天主教堂前的广场
阳光热了许多,那么多陌生又熟悉的
汉川人围在身边,暖融融的

她知道挥手之后,微温将随风散尽
遥远不是地理上的距离

遥远只是人类的宿命

但你我,曾经真实相握相触过
在黄龙湖、马口窑,在田水湾,篝火之夜

一种生命邂逅的微温
弥漫水域丰沛的清晨、正午、黄昏
最后在夜里凝结成某段时空的光泽

苦 夏

街边小贩,用黑黢黢的指头
抓着嫩绿的莲米
我买了几斤
不忍荷塘满载,却无人光顾
想起自己的日记
像失足掉进池塘
那池塘里的水,已经老得发绿
有些悲剧匪夷所思
像没碰按钮就自动开启的碎纸机
突然发现在人世,我们除了一无所有
还一无所知

优 劣

老人摔倒后
行人纷纷避开
我也加快了脚步

我等的公交车正在靠站
经过丽景酒店、知音传媒
下车后,即可进入文联大院
那里有一间我的办公室

按惯例，擦桌子泡茶开电脑
进入编辑文档，才看几行
就看不下去了，没心情
去他的优劣判断

窗外阳光正艳，但冬天即将来临
一年又一年，我和这世界
总是这样无能为力
不会好了吗？

2020年的最后一首

最后一天
我写的诗能不能
横贯荒诞的2020年？越过
紧闭的卷闸门，消逝了的人
装满衰老与灰尘的村镇
一首怎样的诗才能重振？
钟声与祝福词
听起来有气无力
一首现代词汇
组成的诗，又能有多少力气
去恢复象形汉字最朴素的功能？
还要写吗？要写
干脆彻底一点，去掉修饰、隐喻、义务、责任
哪怕无新可迎
哪怕诗只是一片口罩，一脸勒痕，一次
诀别时的弓身

夕夏 的诗

雪 天

这已经是鹰的九月了
天空低沉,雪正从山峰而来
阿妈眯着眼
睡去的姿态像是一尊佛
她厚厚的羊皮袄,热气从酥油茶冒出

阳光透过雪峰
薄雾牧场,洁白如云
这雪的世界
光亮中是另一种命运:佛在山涧沉睡
鹰盘旋,栏杆里
依偎在一起的羊群
或许因为拥挤
它们让出一小块干净的地方

一只只羊羔,渐渐走出来
轮流晒太阳
刚出生的那只,晒得正酣

晒太阳

星辰从未离开,夜晚从未这么寂静
鹿群昨晚穿过草场
那新鲜蹄印踩在旷野,阳光照耀大地

我们晒出潮湿青稞
风干牛肉、干净奶酪
青稞酒

几双城里买回的新靴子

昨晚一场风暴,阿妈眼神里填满晶蓝色的海洋
她能听见神山呼唤转山人的声音

那是去年,她的马匹失足河谷
孤零零的山峰垂落暮云,恍如流星
她的褶皱的面孔
有一些忧伤,被阳光轻轻收藏

父亲的世界

世界正在一点点缩小
父亲怀抱斑点小狗,它棕色的毛发
像深秋裸露的高原皮肤
火种是一位老牧人留下的
只需添一点牛粪、柴火、蜂窝煤……
红彤彤的影子里,亲人入睡
一匹马驮着云层和黄昏过了山冈
一顶帐篷撑起无限星空
高原辽阔,死亡和神在山间盘旋
茫茫命运中,甜蜜和酸痛
仅有一尺之隔
父亲曾贩卖盐巴,青海、阿里、尼泊尔……
他的地图还活着,而这火花
照耀暮年的荣光
仿佛在回忆中一生返场的足迹
——他们紧挨着牧场的天堂

我愿把美好停留在放牧的温床

如果大雪落满额头,我就走了
回到来时的城市

如果,我不能准确辨认出
每一株草、每一棵树的名字
辨认出卓玛家的牛羊、扎西家的奶酪
如果,吻是最后的告别
那么。我愿把美好停留在放牧的温床

拉萨河

月亮下,青稞饱满
拉萨河夜饮的狐狸、豺狼、狮子……
这些出行梦境的神啊
没有一个可以接近:河水分娩婴儿
大雪恍若苍茫
那些诵经人带来慈悲,给予大地修行人
粗劣手套、木头板车
那些驾驭尘世的神灵,仿佛站在高处
翘望山冈下茅屋里
点亮的黎明
喜悦日子里,我又一次看见格桑花

如虫草缓慢的一生

日出下雨,有人在雨中
打量高原宁静
有人在太阳下晒着低垂的乌发
阿妈从山上回来
她在松软泥泞的地方,种下三十年的青春
雾气和流水,种下虫草缓慢的一生

小儿子正在寺庙修行
女儿留在拉萨
是布达拉宫的讲解员
她相信神灵居住的地方,人世最慈悲的光

保佑亲人平安喜乐……

草原恬静,牛羊多如繁星
她久不出门,如虫草缓慢的一生
安静地接受衰老

爱　情

天空栖息着鹰群,山顶人家
多半生活在云彩里
我们呼吸空气,饮河流水
牛羊是我们前世共同走散的亲戚
猎犬是送信的使者
那匹马啃食过青草的季节,春天
把一半给了世界
一半给了亲爱的卓玛
转经筒祈福的方向
我们提着马灯
在没有信息的时代,两个人
一天之内,像牦牛般安静

经幡下的村庄

雨天,彩色经幡坠落不动
宽阔藏着鹰和人的语言
藏红色袍子,乌黑头发
这一张张褶皱的脸庞
山是信仰
水是修行
牛粪煮酒,青稞换盐
墨脱石锅煮着一只羊,一双眼睛长满青草
藏青天色,村口白杨树上
住着喜鹊

黄昏里小小的佛
低矮烟筒接住了小镇最慢的雪花

玛旁雍错

1

水草丰盛,诵经石映照湖面
拾级而上,寺庙在山洞
有人遗落佛珠,有人捣碎青稞
灰尘积满的小路
一对银手镯反光一切事物:环湖路边散居人家
一对母女怀抱女儿微笑
面庞一面是圣湖
一面是菩萨,但慈悲的刻经人已经离开

2

云雾稀薄,寺庙众多
色拉龙寺、果粗寺、朗纳寺……
我独爱山丘上的吉乌寺
远远望去
它的神秘是几片擦拭庙宇的云彩

3

青稞地,我看见单薄的稻草人
在稻田里赶鸟
它穿着夹克衬衫、破烂草帽,毛发杂乱
夜晚来临,那么冷,那么孤独
我悄悄为你披上外衣,像抱紧我病重的姐妹
暮色里尖尖的塔尖是一座天堂

4

玛旁雍错，钟声古老
去年见了的人不来了
去年做过的事不做了
这些玛尼堆无声的石头啊，仿佛那么多僧侣
住在一起，辩解着苍茫大地冻裂手掌
阿妈腿痛呻吟，白雪发辫
我陪她转湖，一堆堆石头是我失散的兄弟姐妹
玛旁雍错，我的体内有无数空旷的蓝
填满这么多年，命运的遗憾和痛楚

张晓雪 的诗

黔菜记

甘蓝是被灌醉的丛藤,声色归心,
但认识受苦的人。

青豆躺在豆荚里,不执手杏花和流年,
或者与走乱的光线分界,沉思。

菜花一直开下去,看客沉入艺术的
阐释学,食客伸出了一只箩筐。

晶莹的真相是一束芹菜,
利刃站在上面,向着有光的地方划去。
脉络断如绝句,伤口贞脆且有用。

羊肚菌是素食主义遁世的食物,
冲破了"小鲜三分绿"的界限,
与空白、断句,内心放下的石头一起谈。

菜蔬无数,一畦接着一畦,
以善念安顿岁月。展望快手、好厨师,
和铲、勺。

菜蔬无数,万物拿去旧日
交换黔菜的青、白、碧色——

云朵为茂盛付过了。风,沙沙吹,
饱含着激情,叫卖天空的蓝
和菜叶的绿

烘焙记

1

十二种物料的重叠，
包圆了一块面包的热气与蓬松。

包圆了无牙齿的嘴巴，
和她难言的说辞。

氤氲化心，味道如同解释，
如童年的回忆，不忍回眸。

2

原谅无知的潮热。十分钟的烘焙，

实为教科书上的指纹，触动了
谷物必经的风尘和雨水。

原谅煊烂如沸、点心开花，
如无人收拾的心。

3

点在芒酥上的杏仁，突破了
种子的界限，

为不可问及，虚构意义，
为追忆和梦境表达抽象和譬喻。

4

菁华岁月迁。煦光下，
曲奇、提拉米苏如薄薄的标本：

包含的象征多于食物,
连缀生活的快感,大于温饱,
大于甜、熟、香、软。

百合花也很吃力

她主动开花,为了使陌生人
把想说的话,袒露出雪白。

她携带的皎洁是被看见的触摸,
为了使爱了之后的孤独者
生长心声,并说出。

她修葺漆黑、萧瑟和破旧,
被忠诚、离散之悲和匆匆的日子
所爱慕。

她无限的外延,有时只是一个小地方,
只与一个人的名字接近。

但对于一眼就认清的谎言和生活,
却仍在追问的人,

百合花像是一束吃力的认知。
白如黯淡,优柔如乞怜。

七月罂粟

七月开花,像是一念之间。
像是为了写意,着轻衫,起舞姿,
欲飞。

她过度的潋滟是对失意者的启发?
多么迷人啊,微翘的翅膀,

动摇了一个人的内心,
对无用的现状认输,止声。

她的错误在于栩栩如生混杂了
蛊惑之术。不疑惧梦魇、病体
和沉沉的灾难。

她的错误不在于成为毒品,在于丧失。
在于持善未诛心,对控制黑暗,
且大于黑暗的人,倾尽了所有。

谷物与青菜

没什么可说时,
我就说转基因,于是
对五谷杂粮就产生了敌意。
没什么可说时,
就说反季节的青菜,
并替一只山羊咀嚼了浓烈的苦味。

但我们依然吃着笑着说着:
太阳承认一粒谷物或一棵青菜,
到底是供给还是需求?
说着说着我就沉默了。
是若干次练习的
那种沉默。

石壁与野花

那块石壁的跟前

长出了一朵野花。

像是在一个极偏僻的地方
安放了童心。

它们全都承认了自身的孤独。
只不过，一个似先知，自省。
是我们一直想抵达的东西。

另一个两手空空，等凋落，
懵懂无知地爱这个世界。

它们像好不容易走到一起的，
再无未竟之事。

又像是彼此的轮回，
都保持着被解救的样子。

月　色

它消磨守夜人的想法，
决意不去遮挡。
披于独自行走的小孩、某一条山路。
也曾看过你的眼睛。

形单影只的人是月色的专属，
他们不会破坏完整的阒寂，
因为他们都有相似的残缺。

它朦胧或者亮白，都是一无所有。
但它逃脱了自己，圆圆地坐落
高于一切。

李双 的诗
LI SHUANG

无人之寺

在一座我从未去过的寺里
住着我的情人

"据说忙碌的蜜蜂没有时间悲伤
据说蜜蜂没有时间。"

没有膝盖
台阶也会死去

吃饭的时候
那些无用的星星挤在碗里

因为遥远,寺里的石柱用它的
红色血液

拍打月亮。就像我的情人
住在一座无人之寺

山　居

此刻,没有牛羊,青石板自己走路
给柳树看病的医生
把一个木柄折刀
放在口袋里。他的动作慢于槐树
的阴影
一座山的空寂
是山脚下的碎石之间
不再有暗语

他拿着一面镜子来找她,一只鸟
在镜子里大叫
另一只鸟也报以大叫

论世袭的意义

群众来信了——
暴雨在屋顶上打架,争吵个
没完。

拆信的人
打开第一层绷带。
下面是土豆
和迟钝的大脑。

有人一下午掘了一亩地。

"它不死
我死。"
那个人坚持要回到花岗石岩层
寻找他的膝盖。

碎纸机像一个喝醉的人晃来晃去
它的呕吐物
是一堆没用的朝霞。
我们一直做加法。
我们一直做减法。

月 亮

车子熄火,路旁的树丛塌下去
半尺。
女人下到溪谷小便。你在信

里说,山路
突然变软,卡车像飞机一样
俯冲下来
月亮像一个强奸犯
我们透明如白蚁。

腊　梅

这是下午。一群人鱼贯而入
这是它

铁打的牢房,允许
你在里面放火,也允许
你偷偷溜出去,回头看她像一株
前世的腊梅

电子屏幕打出一行字:半夜的香气
有强迫综合症
请在晚上七点后离开。

"我有礼貌和亡灵——"
你说,对于一株腊梅
你有750马力的铲雪机

岩石上

秋天的崖壁收集了那么多傍晚的
光线
是要冬天了吗
一只鸟在天空里用力
我在心里呀呀地叫着
鲜花明亮,树皮幽暗
今晚我要和一片雾气住在岩石上

石匠铺

吊装卡车一大早站在院子里
突突突,
吐着肺炎
已经装上车的石狮子
微微抖动
太阳升起来的时候,工人的
头发冒着红光
他们与绳索
在昨晚已经准备就绪
华表是这样的东西:一根石柱子
顶端坐着朝天兽
它假设四周的人群都活着,群山
有法律的秩序
另一尊石头有虚拟的手臂,工人
需要在绳索和它之间
夹进去一层脏兮兮的破布
就像空气有魔法的平衡力　它挥舞
着空气
指头上站着国家的疲倦

遇 见

那一天是哪一天，是否有个你在行道树旁
等候，或只向苍茫而立。
头顶是法国梧桐飞舞的落叶淡黄。

写字楼的人走空了，扫街的人也不见了。
边上红茶馆落锁的声响，惊动了浪荡的猫。
你还站在那里，圆周率一样没完没了。

或者你就是我要忘掉的某个人，
就像遇见为了告别，拥有只为失去。
或者没有你，只有一棵人形的树——

让世界看上去仍是理性的。
或者你是许多个你，像许多个等候在
接龙，许多个期待让夜晚柔软。

又或者你是过去的某个我或干脆就是我，
人间只是一个镜面，一整天我都被自己望见。
我这就牵你回家。我这就牵我回家。

不靠谱的记忆总是迷雾重重。
那一天我的家在哪？我是否还一再相询：
你是谁？你究竟又是我的谁？

误 入

误入花丛的蜜蜂可以开启多条甜蜜的路径。
这句子里若有几个词将成为隐喻，
又会如何？

比如蜜蜂，甜蜜，与路径。
她是蜜蜂，他是路径，
或她与他互为蜜蜂和路径。

甜蜜让人一头扎入，愿意赴险。
或者甜蜜捆绑了俩人，像蝴蝶结的
两端，一头是甜一头是蜜。

但他们肯定不安于隐喻，肯定比一只蜜蜂
做得过分。夜晚的密道与神秘花园，
更像是头脑风暴里的臆想之地。

还可以角色互换，为爱不争，
他是她的蜜蜂她是他的路径或者相反，
一个叫甜的总会牵着蜜共赴甜蜜。

宏　观

宏观的是天空，星辰只是她的细部，
像无数只光球收编在一只竹篮里，
被宇宙这匹黑牦牛拎在手中。

这是想象的开阔。也许还传来歌声，
像群鸟被迫合唱。也许还看见舞蹈，
金光的衣裙旋转出化学的复合味道。

她在户外站了很久，忘了她站在那里是因为
悲伤还是孤单？那些想象似乎让星辰
靠过来，被玩坏的光点在竹篮里四下跑动。

并不再有任何争辩的念头。就这样吧。
那被无端删除和遮蔽的，被给予又被拿走的，
真不算什么，这渺小的注定被忽略的……

那一晚

想着你的睡你的醒，想着你
皱眉或开颜，停留或回望，
想着我无厘头的低询和你认真的应答。

想着你温柔的呼吸在我唇齿颈弯发间的
滞留。想着各个钟点里各式各样的你。
想着亲密无间时原始的快乐和疼痛。

又想着你在别处吃饭喝水与人把盏甚至
约会，想着一切与你关联的事物。
这些想都很美，都是那个夜晚的延续——

你莹白的身子在明朗起来的曙色里，
光影一样流转并回闪，下一刻也会消散。
还有交织的绚烂，一朵火与另一朵火。

这是命运给我的专递或最后的善意。
这是欢喜，如此极致。最好的
蜜意最好的你，相聚的短暂不算什么。

这又像是一场仪式，从此我安心步入晚年，
专注于一个夜晚的真实与虚幻，
专注于你。直到你走得足够久，

让爱恋足够陈年，也足够怀想，
各式各样的想，各式各样的离开。
你一次次挥手，每一次都是永别。

注　定

她用命写了一首诗。用所有的颜色
压了春天的险韵。他读不到
或者无法用命解读。

她用命喝一杯酒。酒里流水与月光
零落又伤感。还有一两句酒话，
他听到了，却不在现场。

她用命完成了一场爱。痛和缠绵，
让世上所有的藤蔓都显得虚假。
一次注定的虚枉之旅。

也许还有不甘，这让她的愿望更像是
赴死之念。并且与尘世的情爱对立。
好在她终于没命了。终于没命了……

秋天的形形色色

植物园里，那些形形色色的高低错落让秋意
丰厚。层层叠叠的万寿菊挤压着鼠尾草的粉紫。
蒲苇的颓废对应着美人蕉的哂笑。

紫荆树又一次让出大半叶子，它的萧瑟多像
一个穷人。鸡爪槭却是意气少年，
蜷曲手掌里的力量生硬而无法排遣。

梭鱼草装出跋涉的样子，被栀子花一眼看破。
葫芦藓在巨石上攀缘，准备着一场潜伏。
乖巧正气的红豆杉下一刻说不定会去捅天。

群栖的黄栌，集体于水边日消夜磨着。
地界划得分明的杜鹃花和金边黄杨是
老死不相往来的邻里，有着同样齐整的静穆。

而桂树抖落了最后的香，与不事颜色的
竹柏和冬青一起，成为旁观者。
旁观的还有太多叫不出名的树。还有我。

我误入树群,与每一棵都不亲密不纠缠。
我愿意这样孤寂着,独看暮色长过秋色,
等候一场更孤寂的风,将我彻底带走。

方　程

现实又一次对她摆开一个最初的
方程。二元一次或二元二次。
她是X,谁是那个Y。

她用怀旧代入A用爱代入B用时间
代入C。这些字母的加入让方程变成了
三元一次、三元二次和三次。

她还代入了即将冻结的身体,
代入掩饰和小无耻、珍藏的孤寂背影。
代入文字,简洁的或是冗长的。

甚至代入了站在高处的神灵,
抛弃已久的虚荣,还有
逆风、淫雨、崭新的乌云。

是否还可代入空间距离与内心荒芜?
关键与诀窍会不会就隐藏其中?
一团乱麻。"现实终因无解而混乱。"

银杏黄

如果能够设计,一定要在深秋,
一定要去银杏树下,一定有个
黄姓男子,必须从春天等到银杏黄。

然后是相遇。台词是现成的：
"是你吗？真的是你吗？"
"你终于来了。一切还没有太晚。"

然后是几个特写：负距离的对视和
红衣裳红脸庞。怼天怼地的黄。
再拉个远景：一棵银杏，一长溜银杏。

它们都黄着。黄金的黄。黄帝的黄。
黄酒的黄。枯黄的黄。黄连的黄。
嫩芽的勃发之黄，落叶的凋残之黄。

它们点着了深秋的灯。深秋亮了。
深秋要不要这样好看就像一场相遇？
深秋加爱情要不要这样好看？

然后再设计重逢，反复的重逢。
用硫黄的黄、黄昏的黄、抵死缠绵的黄。
没有迷糊、猜疑、哭泣、抑郁。

银杏树不会弯腰给她拥抱，他会。
银杏树太高太硬了，他正合适。
一切都刚刚好，她与银杏黄与黄姓男子。

诗歌地理 Poets Geography

汤养宗　作品选
纳　兰　语言的魔术师
潘洗尘　作品选
树　才　洗尘和他的深情诗学

Tang Yangzong
汤养宗

汤养宗，1959年生，当代诗人，出版有诗集《去人间》《制秤者说》《一个人大摆宴席（汤养宗集 1984—2015）》等七种。先后获得鲁迅文学奖、福建省政府百花文艺奖、人民文学奖、中国年度最佳诗歌奖、《诗刊》年度诗歌奖、储吉旺文学奖、滇池文学奖、扬子江诗学奖等奖项。

旧作（10首）

三人颂

那日真好，只有三人
大海、明月、汤养宗

断字碑

雷公竹是往上看的
它有节序、梯子、胶水甚至生长的刀斧

穿山甲是往下看的，有地图、暗室
用秘密的呓语带大孩子

相思豆是往远看的，克制，操守
把光阴当成红糖裹在怀中

绿毛龟是往近看的，远方太远
老去太累，去死，还是不死

枇杷树是往甜看的，伟大的庸见
就是结果，要膨胀，总以为自己是好口粮

丢魂鸟是往苦看的，活着也像死过一回
哭丧着脸，仿佛是废弃的飞行器

白飞蛾是往光看的，生来冲动，不商量
烧焦便是最好的味道

我往黑看,所以我更沉溺
真正的暗无天日,连飞蛾的快乐死也没有

一个人大摆宴席

一个人无事,就一个人大摆宴席,一个人举杯
对着门前上上下下的电梯,对着圣明的谁与倨傲的谁
向四面空气,自言,自语
不让明月,也绝不让东风
头顶星光灿烂,那是多么遥远的一地鸡毛
我无群无党,长有第十一只指头
能随手从身体中摸出一个王,要他在对面空椅上坐下
要他喝下我让出的这一杯

盐

那牧师对我说:《圣经》对我们的提醒
就是盐对味觉的提醒。千声万色、众口难调的人世
只有盐在看住我们贪吃的嘴巴。
而我村庄的说法更霸气
某妇煮白猴在锅里,本地叫妖,妖不肯死,在沸水中叫
她撒下一把盐,像一个朝廷水落见山石
沸水安静了,没声音了,锅里的肉与骨头,都有了去处
我的村庄说:"盐是皇帝的圣旨。"

光阴谣

一直在做一件事,用竹篮打水
并做得心安理得与煞有其事
我对人说,看,这就是我在人间最隐忍的工作

使空空如也的空得到了一个人千丝万缕的牵扯
深陷于此中，我反复享用着自己的从容不迫。还认下
活着就是漏洞百出。
在世上，我已顺从于越来越空的手感
还拥有这百折不挠的平衡术：从打水
到欣然领命地打上空气。从无中生有的有
到装得满满的无。从打死也不信，到现在，不弃不放

父亲与草

我父亲说草是除不完的
他在地里锄了一辈子草
他死后，草又在他坟头长了出来。

岁末，读闲书，闲录一段某典狱官训示

别想越狱，用完这座牢房
我就放人。
别想还有大餐，比如，风花和雪月。你的大餐就是这
大墙内的时间。夜壶装尿
装天下之尿，进进出出。看见天上飞鸟
也别想谁有翅膀，谁飞出了自己的身体？
别问今天是哪一天
石缝里走的都是虫豸，春风里走着短命的花枝。并且
层出不穷

虎跳峡

真是苦命地来回扯啊，大地有单边。
另一半。这一头与那一头。

同时：够不着。同时偏头痛。
请允许我，在人间再一次去人间。
允许狂风大作，两肋生烟，被神仙惊叫
去那头
拿命来也要扑过去的那一边
去对对面的人间说，我来自对面的人间

纸上生活

在纸上挖山，种树，开河流，当建筑师
也陪一些野兽睡觉，当中，还喜欢
看夕阳西沉，怀想谁与谁不在眼前
便又涂改两三字。至此
一张纸才真正进入黑夜
更多时候，我绕着纸上的城堡跑
在四个城门都做下记号
为的是让时光倒流，也为了可以
活得更荒芜些。我借此相信
一个人有另一座坟地另一个故乡
并可以活得与谁都无关
这一捅就破的生活，为什么要一捅就破
真是命如纸薄，每当我无法无天
像个边远的诸侯，过得真假难辨
便知道，这就叫纸包着火
我又要撕了这一张，在人前假惺惺再活一遍

翻墙记

一再地翻墙而入。一再地在梦中这样做
头蒙着被单，这是一门技艺，像披着一张羊皮
做这做那。人生有病句：
我变得更像自己。而汤养宗越来越不像汤养宗

新作（9首）

向两个伟大的时间致敬
——写给"中国观日地标"霞浦花竹村

两个伟大的时间，一生中
必须经历：日出与落日
某个时刻，你欣然抬头，深情地又认定
自己就是个幸存的见证者
多么有福，与这轮日出
同处在这个时空中
接着才被一些小脚踩到，感到
万物在渐次进场，以及
什么叫被照亮与自带光芒
另一个场合，群山肃穆，大海苍凉
光芒出现转折
说时间也有告诫
落日轰然坠下，一部书
要合上，余霞成为不彻底的事物
等待第二天，另一个英雄
火红的故事新的篇章
有人赶来圆场，说天地就是用来回旋的
这圣物，秘而不宣又自圆其说
保持着大脾气
万世出没其间，除此均为小道消息

送第36届青春诗会15位诗人离霞浦又读《登幽州台歌》

每当到要紧处，我就要诵咏你这首诗
脱口而出或用心默念
有时也流泪，在人前就背过身去

为那伟大的虚缺,也为来得太早来得太迟。
活着,并被一首诗的气体
养到老,这是我个人最私密的事
人问:苍穹之下不过滚滚泥丸,管你鸟事?
答:想到风物宜人,想到爱就会死
我就有空茫、涕零、万世,与浩荡。

天马山斜塔

倾斜是一门心事。继而进入传说
说有另一条遗世的垂直之线
用于度量光阴的法则。
在这里,一个人的身姿终于战胜了八卦
并保持着大脾气
半倒的心扶住风中一切摇摆的事物
而护法的手自有天地在帮忙。
微暗的火说着半途而废的时光
许多铁石之物早已夷为平地
何为不败之身?永恒的奥义惊现惊险的斜度

甘蔗林

那么多的糖水站立着,不修边幅
薄薄的皮,有点看不住
另一个朝代传下来的秘密
不说破,却很喧哗,也很荡漾
没有哪个村长能修改我的这种错觉
这是土地长出来的修辞学:
面临被砍头的人,都因为甜得
有点纸包不住火的模样。
刘翠婵干脆说:"甘蔗是甜死的。"

渐老颂

无非是山道变成水道
无非是,顽石点头,坏脾气改换心有不甘
无非有人从天而降,说没有天不明白的事
无非,我去你留,寄或不寄
春风太磨人,让我渐老如匕

养虫子

老早就在诗歌里头写道:年老时
便养些虫子在身上
用于嬉戏,与自己讲话
边上还放只钵子,一边嘀咕
一边搓着手臂上的老皮。我越来越爱上
似是而非的模糊学
拧紧的水龙头还要再拧一次
某天,劈了半日的木头
发现多年的掌心原来都在木纹中
种豆终于得豆,终于厘清
被自己养出来的虫子
就是我这个人。
多么可爱的还在穷追不舍的问题:
变成虫子后,最大的益处
是什么? 无非是
成本很低地就领到了
两手空空的欢乐。
何为云泥之分,诗坛上
又一波爱吵闹的年轻人,再也找不到
我的拌嘴和回话,我还
无端流泪,为散落四处的
才情冲天的朋友,也为他们的

一事无成。而我这个
对文字一生激越的人,思维
散裂的人,责令真幻大开大合的人
也养下了一头肥猪,为的是
等当年的宿仇来看我
我会宰了它来用酒,并擦掉受伤害的泪水

十番伢

石上种莲,海水里跑马
针尖处睡着娇媚的女人
虚空依靠踩不着地皮的那条腿
来及物,而衣袋里
那几粒星星与月亮的碎片
及物不及物?
我一生只想与永恒搞好关系
那些真幻莫辨的事物
却一再对我构成了更合理的时空

哀 求

我有久治不愈的一行字,一个含义,音阶
欲醒未醒的一句话。
它们还留在被谁控制的势力里
等待我第二遍醒过来,类似于
打开身体中的密码
把自己解救出来,或者别着头
再也叫不回来的样子。
我有这样一个问题:要对一块石头苦苦哀求
要它转身,变脸,信阴阳,变成另一块石头。

麻木半醒

麻木半醒之际，故人浮现
无端的血亲，无端的旧人
一个人的抑郁史中挤满了老鬼与新鬼
几只小蚁钻进洞
出来时身子变白，多了一副翅膀
想起它们身体的不够用
又长出这种东西，我也想
对于丢失与念想，自己也是不够用的

语言魔术师——汤养宗诗歌论

纳兰

经历了数十年如一日的如修行和祈祷般的写作生涯，汤养宗在诗中进行着"心灵与自身的对谈"，与词语之间建立了一种彼此信任和舒适的关系，他用词语建构自己的乌托邦世界，实践着自己的诗学和美学理想，把现实转化为美学上的变形和抽象。他向着内心的美学标杆奔跑的同时，也将自己树立成了一个新的美学标杆。写作于他而言，既是"神秘而美好的绑架"，又是按他的意志管控文字气息的"炼金术"。勒内·夏尔说："诗篇，是神秘登基。"从他的诗中散发出一种"不战而屈人之兵"的王者之气，换言之，他已有一双"摘星手"，好像在空中构筑道路的"蜘蛛"，他在诗歌中因"登顶"而更加接近星辰。汤养宗的诗不仅多样化掌握外部现实而倾出其全部意义，还讲述通灵者的诗人身上的强大而任性的"诸神发出的命令与阐释"，激活了能指的全部躯体，使词语在亲密无间的互相拥抱和彼此冲突之间释放出最丰沛的潜能。因此，他的诗既能满足对意义的渴求，又能提供一种诗化的现实和不会熄灭的"硬化事实"以供审视和剖析。后结构主义描述文学语言本身的特点用的是这样的术语：诗是一种"无底"的语言，仿佛是由一个"空的意义"所支持着的一个"纯粹的暧昧"。汤养宗的诗也有这种后结构主义的性质，看似"空的意义"，实则是对隐含读者的召唤，他的文本意义需要有文学能力和批判能力的人把意义灌足和充分提取；他的诗是写给诸如神、未来的读者和过去的艺术家这样"看不见的倾听者"的。诗是学者的艺术和最复杂的话语形式，诗歌文本是诸系统的系统、诸关系的关系。从这个意义而言，汤养宗的诗符合这样的特质："包含它自己的种种张力、种种对称、种种重复和种种对立，每一个都不断地修订着所有其他的系统。"

他的诗歌的特点，大概有这样几点：第一，他的平民化立场和在场感，他"在平民化个体的角度恢复对社会世相的叙述与把握"，人在生活的现场，言说也有在场性，不但让阅读者感到这是当代人在诗歌中说话，而且还是一个"闻其声如见其人"的有效言说；第二，复杂多维的诗歌结构的肌理，他的诗追求一种开阔复杂化的书写，有更为"多维复杂"的诗歌结构的肌理，文字结构发生了从线性到转轨的变化，意义始终处于一种不稳定不确定的状态，这种能指的剩余和丰沛的意义供给，是对读者提取要义的能力考验，从而把读者引入一种无比新鲜而开阔的至美境地；第三，他的平民化的心境促使他选择符合自己心境和地位的"鲜活的口语"来表达一个普通人的人生情感，作品的所有表层结构都能被还原为一个灵魂或圣灵的"本质"。

一、汤诗的语言风格与主题

（一）语言风格

他使用的是一种弹性的汤养宗式的语言，他的诗歌语言是诗与哲学的彼此互渗与合流，颇为节制隐忍，不仅多维而且多元，有极强的涵盖力，开阔多维，向四面八方铺展开。多维是指其诗歌所具有的丰富的能指空间，多元是指他的诗既有语言哲学的态度，又有宗教的启示性与灵性慰藉，还有神秘玄学给他的诗歌所加持的那种神秘性。雷暗在《人性与人格的多维呈现与诗性开掘——汤养宗诗歌研究纵向切片之一》一文中是这样说的："其刺穿生活迷雾而直抵命运真实的审视本能，文本的多维与复杂，深度与包容，个人化的心灵秘史、经验仓库与语言魔匣，其对写作灵遇的捕捉，对事象的从容缉拿，尤其是诗歌文本技术上的造化，令其诗存在着可引以为傲的误读可能。"事实上，雷暗说出了汤养宗诗歌语言的极强的包容度和凝聚力，无论是文本的复杂还是呈现的经验、情感，这些落脚点都是要通过语言来体现的。汤养宗已经是一位具有"晚期风格意识"的诗人了，他既知道风格是语言的节省，又晓畅风格是语言的更新。他早已越过诗人帕斯所言的风格是所有写作的起点的忠告，进入了具有遗嘱性质的晚期风格的写作，他的丰盛在于他用炼金术士般的纯熟语言技艺，用有价值的语言提炼出了思想的精金来抵消语言的通货膨胀；他建造了一架词语钢琴，让灵魂饥渴者通过"聆听自己"而获得饱足，他思考的是"最后那张生命的底牌"，在一张纸上显露出清晰的诗歌脸孔。

概而言之，他的语言风格是叙述性、反讽性与异质性的统一。

1. 语言的叙述性。如他所言："我眼里的多维诗歌是利用陈述写出陈述不可能的伸延性，用叙述来颠覆与消解叙述的局限性。"在他这里，陈述和叙述，应为同义词。他既是这样说的，具体到诗歌写作中，也是这样实践的。比如《制秤者说》，就是一首叙述"秤"之历史和伦理功用的诗，既有叙事性，又不乏诗性。陈仲义在《深度意象　智性思路　幻式因子——汤养宗诗歌论》中对这种加量的叙事成分予以提醒，他说："而不断加量的叙事成分，在扩大写作视域和表现力的同时，也在削减其深度意象，这就意味着——无形中他自己的优势与特色也在削减。"不过，由于语言魔术师的魔法手段的越发高明，它的魔幻、神秘、变形效果，多少会使汤诗中板结的语言土壤重新变得松弛和温润，软化他的知性思维。

2. 语言的反讽性。反讽是利用想象的违反常情常理常规的情况，达到批评或讽刺的目的的一种修辞方式。汤养宗的诗歌语言就具有反讽性。比如说在《我想去天堂一趟》中，写道想去天堂的理由是"最要紧的/是那个被诅咒下地狱和下油锅的人/有没有通过谁的关系，也混进了这地方"。诗人要探究和细察的是天堂这般圣洁美好的地方，是不是也沾染了世俗，这就是一种对人情社会和盘根错节的关系问题的强力的讽刺。在《观察两只交媾中的蜻蜓》中，"被空气支持，成为空气中/真正的连接点，这草根间的情种/放弃了床，在阳光中欢叫"，"欢叫"一词有爆破力，并活灵活现。他又利用穿墙术看到了"斧头，故乡，母亲"，达到的是一种超现实的识见。

3. 语言的异质性。此外，最为重要的是汤养宗使用一种异质性的诗歌语言，取得了"孤鸟独自飞"的艺术效果。异质性是指他的诗歌语言具有辨识度，和大众流行的、同质化的语言，拉开了距离。他的语言风格不靠形式主义语言学所提倡的陌生化的修辞手法取胜，而在于思想的深邃和意义的丰沛、想象力让他抵达了语言的边界。

（二）主题

汤养宗在诗中涉及时间、秩序、真理与语言等问题，这已经将诗的领域跨越到哲学的维度并进入形而上学的范畴。我们在更多的细碎中看到了更真实的"整体"，也包含了揭示存在和净化内心的力量。正如他的诗所写："不许通过太多的争辩／准确地说道每一块石头的嘴／应该长在哪个位置才是合适。／更合理的嘴唇一直被／一只谁的手捂住／不容反驳又憋不出话的样子"，即便山在合适的位置拥有了言说的"石嘴"，却又难逃"一只谁的手捂住"的尴尬处境，"不容反驳又憋不出话"，恰是语言与真理之间的张力。诗句既有数学般的精确又有拨云见日的澄明感，在他这里，宗教生活与世俗生活并不是割裂开的两种生活。诗、哲学和宗教各有各的适用范围，也不妨碍在一个人的头脑中形成一个有机统一体，用他的诗来说就是"从多条路的纵横集结中拢合一体"。

汤养宗所思考的生命主题、伦理主题和美学主题是一贯的、持续的，并且是不断深化着的。他是一位拥有"社会学的想象力"的诗人，他在诗中一直思考的是人与世界、社会和历史的关联，把内心的诉求和秩序通过眼前所见之世界的秩序来擘画出心灵图景。他的所见抵达了非见，或者说他踏着隐喻的阶梯从可见的事物抵达了不可见的远方，是一种对感受力钝化或石化着的人的唤醒与警醒，是石化着的人对石头赋予生命与意义，这显然是某种从危石到危世的见微知著。

这是一种以社会学的想象力和文化感受力为支撑的对现实世界的理解、内在生命的体认，还是一种经验主义的知觉和理性主义的直觉共同参与下对人世的洞察和参悟，而结出的"属灵的果实"。诗是汤养宗的社会学的想象力、文化感受力、思想、情感、智识、精确表达的诗艺的综合呈现。

1. 魔幻主题。魔幻意味的"东西"——弥合术、穿墙术、修仙、鬼吹灯等—— 这些志怪小说中才有的不可思议的法术在他的诗中频频出现。他将之以巧妙的语言组织方式写入诗歌中，使得他的诗歌世界弥散出一股魔幻感觉。

  我将穿墙而过，来到谁的房间，来到
  君子们所不欲的隔壁
  那里将飞出一把斧头，也可能是看见
  锈迹斑斑的故乡，以及诗歌与母亲的一张床
  担负着被诅咒、棒喝，或者真理顿开
  我形迹可疑，又两肋生风
  下一刻，一个愚氓就要胜出
  鬼那样就要到了另一张脸
  而我的仇人在尖叫："多么没有理由的闪电
  这畜生，竟做了两次人！"
  ——《穿墙术》

其诗作出一本正经的言说状，实则是"想象力的狂欢"（梦亦非语）。为何散发奇幻色彩？王秋华在《锤炼意象，构筑奇幻世——养宗近年诗作简论》这篇评论中总结道："这一方面归功于汤养宗对汉语的掌握与对意象的意义发掘，另一方面得益于他对意象的处理方式——超时空、非常的置换处理——意象被放置在不同的时空，从多角度挖掘意义，最后使它们成为非常的代表，并带上了不同时空的精神气息——从某种意义上而言就是对诗歌世界里的意象进行秩序的重建。"他在"保持与身体中的多个自己对话"，常常使用狮虎意象和石头意象，人与物之间互换身份，在《我与狮子几乎没有区别》中，"我与狮子几乎没有区别/我爱看天空，它们没事时也经常看看星空"，这种化身狮虎的行为，也有一种魔幻感。"我"会穿墙术、读心术、往返术等，构成了一个奇幻的世界。在《读心术》中有着乔治·布莱的"批评意识"。在《私章》中，他写道："多像是，一颗人头终于落地/白纸上，映出了一摊喷出的血"，在诗人的奇幻世界中，没有生命的符号也获得了生命，一个魔幻的世界比一个现实的世界更加迷魅。

2. 时间主题。汤诗关于时间的作品具有独特的代表性。《一生中的一秒钟》《光阴谣》《向时间致敬》等诗，是瞬间与永恒这一哲学命题有效的对话方式。《一生中的一秒钟》将"一秒钟"的时间感直接具体化为"一枚针"所带来的疼痛感，人把疼痛"过程"压缩为"一秒钟"，且与"一生"并置，反而拉长心理时间，造成了审美长度的延伸和一种阻据感。如《今天开始进入猴年马月》，是继续对"时间反问"的主题，此外还有《谁来看管这取死的时间》《我想拥有一段昆虫的时间》等。在他轻描淡写地说出"但时间的腰身是细小的腰身"（《秩序的魔法》）之时，他已经揽上了时间的小蛮腰，时间之约仿佛是另一场盛宴，他已从典籍里窥得生命的要义，当他说出"快来取死"时，有别样的豪迈，仿佛是排长龙的人群中，听到上帝叫出了属于自己的那个号码牌。或许"所有的绽放也只剩下：一息尚存"。

这就是随时间而来的洞见。

3. 悖论主题。汤的某些诗具有一些悖论的特点，呈现出一种在一条河流里洗炭"越洗越黑"的反常性。"所谓悖论，就是采用矛盾对立和似是而非等手段来扩展语言的张力，它有些类似形式逻辑学的矛盾律——是A又不是A。"有的诗从题目上就能让人觉察出一种卡夫卡式的荒谬感，如《聋子听见哑巴说瞎子看见了真相》《好字都是坏笔写出来的》《一条河的第三条岸》《钥匙在这里，门在别处》《独自也是喧哗的》。有的悖论和不可能隐藏在诗句里，比如《坚信》中的："命悬一线之际，蚂蚁伸出了一条小腿/砰的一声，被绊倒的大象……"世界荒诞如诗，汤养宗抓到了悖论，就等于抓到了丰富的诗性资源。

4. 哲理主题。汤养宗的诗文本层次比较丰富，有些诗是他的彻悟，涉及了哲理。比如《是与是》《一句话就是老虎》《身体中有些开关》《借我一用》等诗。其中《是与是》一诗，写道"割下身上的肉，天天喂养着/一只对我不停绕圈圈的老虎"，不仅是佛学典故"割肉喂鹰"的化用，已经是在写"道"与"肉身"的关系了。《一句话就是老虎》表达了语言的本体论的作用，所言说之物，就是那个事物本身，强调了话语不仅仅具有能指的力量,而且话语本身就是一种意义的实践。正如诗人所写"老虎要来了",这话本来就是老虎。

5. 情感主题。情感是诗歌永恒的主题,诗言志而缘情。汤养宗的诗也不乏情感主题,但是他的情感抒发是有节制的,是内敛的,是一种具有普遍性的情感。比如《父亲与爸爸绝不是同一个词》《父亲与草》。《父亲与草》这首诗用三行,写出了一种无限延伸的永恒性和生命的一种诗意的转换。

二、汤诗的艺术特色

(一)思想无羁和跨越边界

汤养宗是一个有牢固站位又能孤身犯险向不可见的世界进行思想越界的、具有独创性思想的诗人。他是这样的一个诗人:占据一块领土,去观想。他"像个边远的诸侯",以自己为始发地,向远处观,向内心观,向有处观,也向无处观,观世变。"雪开始统治/山头的时间。"(《白头颂》),语带双关,既写自然景致,也隐喻生命光景,事物的秩序暗合生命的秩序,这是世界的表象,是外观,而"他看见了自己骨头的白"则写生命的本质,是对生命的内视和灵视。他与世界互相打量,从自我出发抵达另一个更为孤高开阔的自我,从此世界出发向往一个更为至善至福的彼世界,而又发出《去人间》的口令,这种离而未离,去而又返,实则是人与现实世界的相处之道,是写诗之时的片刻的超脱,然后又陷入长久的沉默,是他自己了然的事理——"一个用来飞。另一个必须四脚落地。"(《奇怪》)。对汤养宗而言,写诗,既是"纸上生活",又是"私生活"。那些纸上频现的词语,正是他的"心头好",那些"在纸上挖山,种树,开河流,当建筑师⋯⋯"等话语,既是说出口的理想,又是一种言说代替行动的快慰,这种快慰用汤养宗的话来说就是"我只与诗歌消磨了一场/一事无成的欢乐"(《致大海书》)。他在诗中说"活得更荒芜一些""活得与谁都无关",这不就是一个自足自主的人生吗?纸上生活是心灵历史,是一种有价值和意义的生活,"我又要撕了这一张,在人前假惺惺再活一遍"的语句更加证实了纸上生活是一种真切真实。"一张纸才真正进入黑夜",纸上绵密的词语,都是火星,是"纸包着火",是燃烧着的一张纸进入黑夜,是光驱逐了暗。

"纸张"对他而言意味着另一个洁净清白的"身体"或"生命","数纸张"就是生命的自我审视,一张纸就是一个进行历史书写的疆界,一张纸就是不可逆的生命,所以他说:"这一生再不能翻过第二页"(《数纸张》)。在"翻过一张又是天黑,再翻一张便是暮年"的复合语义的诗句里,有他对时间的感知与领悟,在天黑和暮年的时间嬗变里,是时光魔术师对时光的翻检,是通过对生命、自然、现实和典籍的翻阅来寻找越过天黑和暮年的终极真理,等来了"白吃黑的日子"(《白头颂》)。他的某些诗句有着类似咒语的力量和心灵慰藉的效果,"类似于一个人念念有词中终于到家",在他这里,词既是一种对抗时间侵袭的工具,又是孤寂旅途的陪伴,甚至词是另一个"家",念念有词的词,是对失序的拨乱反正,是失乐园者在象征意义上进入语言的天国,念念有词中终于到家,就像不断变换着词语密码寻求开启宝库大门的人,终于念对了咒语,山门开启。阅读他的诗歌作品,就是一次不照面的交手,你要应对他的"咒,蛊,诛心术"(《修炼》)。在他开放性的作品里,进入他的作品就是"归乡"。

(二)语言魔匣和语言魔力

汤养宗是既通晓现实又通晓魔力的诗人,他驾驭语言就像魔术师打开魔匣施展魔法。他有对语言的驾轻就熟的技艺,诗于他而言就是"打银,铸铁,镂金"般的手艺,在一行诗与另一行的腾挪转换之中,有一种飘逸感,这不但是语言的飘逸,而且是具有个人气质的飘逸。这是一种具有内在张力的飘逸,用批评家张立群在《断裂的激情——论汤养宗诗歌文体的意义》中的话来说就是:"'断裂'不但是指诗人作品中的行数问题,而且还在于其常常在近乎断裂的状态下呈现出来的句与句之间乃至整部作品所拥有的内在张力。"在《私生活》这首诗中他写道:"去南山伐木/再造一艘小船,赴遥远的仙山/或抚弄一节指头,它可以点石为金"。他的诗句充满了飘逸,刚被带入南山伐木的情境又搭乘了"小船",从南山到仙山,似乎就是一种飘然而至。这种诗的节奏有时体现的是飘逸感,有时体现的是另一种身份快速切换的魔幻感,"可以随便称自己为王、高士、白鹤,或者苦行僧"(《甲壳虫》),从王到苦行僧,这是一种对物质化的生活的逐渐弃绝,是对内心主权的逐渐捍卫,从王到苦行僧的过程中,经历了高士和白鹤的两个阶段,这也是一种品性从高洁到飘逸如飞的提升。王,高士,白鹤,苦行僧,看似是几个简单的词语,其实是修行的几个阶段,词语出现的秩序实则是一种匠心独运,他是入世到出世,是删繁就简,是从观有到观无,是明心见性。

(三)个人化的"声音"和无限广阔的阐释"空间"

他既保持了异质性或个人的声音,又具有对语言和事物敏锐的感受力,体现了细致入微的辨析力,他像一个语言魔术师,不断制造出语言的惊喜,掀起语言的风暴。这是多义性和反讽性兼具的塔一般多层的意义的话语,这似乎是一种言语的圆,永远在言说中的话语,一种陀螺般旋转的语言,一种永远在越界的语言。它需要被再次阐释,被再次阅读,力图包容整个宇宙的知识的经验感受,它带给人新的感受和意义的增值感,又有对灵魂的唤醒感。他不纠缠于言与肉身之间的辩证关系,对身体也不强调主体性与主权,不仅对身体不强调主权,还对自然万物也不以主宰而自居,只是以一个此世的暂居的身份,正如他诗中所说:"借我这具身体。这安身立命的临时性"(《借我一用》),强调一种身体的"临时性"与借贷关系,这就有了一种超脱感。他说"借我言之舌。眠之榻。思之箭",寥寥数语,就使一个有箭一般穿透力的诗人形象如在目前了。他的需求不是太多,看重的是"在墨中留下最大的白",不在意自己的言说是不是有回应,分明能从"开出的花，假装是花。说出的话/假装是话。被医治过的疾病/假装是疾病"的诗句中领悟到"诸相非相"的禅理。"什么都——否决。戒。像一场/一决雌雄"，诗中的"戒"一字，在整句诗中显得格外醒目，他像一个饱经沧桑的"老年的狮子"，戒斗，戒得，也戒色。持戒修福，就是懂得轻视身外之物，专注于内心世界的平静富足。他也对在俗世里的肉身颇为在意，因为身体是感觉的器官，是接收启示性话语的"塔台"，"一觉醒来我又摸到了身体，刀痕/还留在那棵树上，身体的尽头/那棵树还在躲闪，总感到身上还欠谁几刀"（《认从》），在身体与树之间的切换中，让人体会到一种身非身，树非树，身即是树的生命之间的隐秘关联，那不是被异化的生命，而是脱离了制度、技术和世俗化之后的自然生命，是身与树的合一与相通，是感受的相通，故身体的刀痕与树上的刀痕并无两样。他在处理语言、身体和世界的复杂命题，正如他所写，"面对自己的任性和扯淡，也面对/废墟与故土的选项，守望或离乡"，面对自己和身外的世界，他会躲闪、惊叹、提防、会"服这条命的水土"，也会认从。他之所以关注这必将朽坏的身体，是因为他知晓身上"自古就有的大道与鬼径"与"秩序的魔法"，在与自我的搏击或"与自己的捉迷藏"之中，侧身进入时间分分秒秒之中潜藏的"窄门"，对他来说"每一天都是复活"（《复制品》）。

三、汤养宗的短诗与长诗

（一）短诗的魅力

汤养宗的短诗极为惊艳。比如短短四行的《洗炭书》、三行的《活命自古盲目而新鲜》，以及《父亲和草》。他是善于把思转化为诗的强力诗人，在美学上具有极强的感染力，在诗学上也有独到的见解，不仅感知精确，也创立了属于自己的"风格的精确"。他的诗，第一次读，我们感受到了一种语言的魔力，再读，视之为可堪反复玩味和获得多重阐释空间的多义性之诗。

汤养宗在《三人颂》中说："那日真好，只有三人/大海，明月，汤养宗"。如此自信而豪迈地将自己与大海、明月并置，产生一种"三足鼎立"之势，而无丝毫不妥之处。他没有被消费社会和商品拜物教所异化，个体情感、价值得到认同和确立，这是他的独异之处。伊格尔顿说："符号就是意识形态的物质媒介，因为没有符号任何价值或观念都无法存在。""大海，明月，汤养宗"如此并置，这是一种将自我"符号化"，且以一个异质闯入者的符号的身份对语法规则的冒犯和惊吓，从而产生新的意义。这三者既是整一又是殊异。又或者说是，汤养宗与大海和明月产生一种"互文性"。

《独自一人在霞浦东冲口看日出》这首诗，可以说是《三人颂》的注释版或另一种写法，把《三人颂》里的言外之意更充分地表达了出来。"那日真好"建立在"没有我，世界就没有这一天"的假设之上。种种事实只是种种的话语建构，一个被强调的独一无二的主体。在他这里，我不来或没有我，意味着"这里没有天亮"和"王来到等于没有来到"，太阳和王只是一种没有生命的符号，它们的意义和价值取决于"我"的在场、见证和赋予。"我"是时间的开关，也是打开开关的人，"我"是给王施行加冕礼的人。他既在世界之场，又在词语之场。在自我确认的同时，他还有着一个"非同一性主体"，正如他在诗集《制秤者说》的序言中所说："我一直在顶替他写作。反过来，我也是他的另一个。我的身体里一直是两个人同时活着，一个肉身的我与一个被我虚拟出来的他。"写诗的过程，就好像是汤养宗逐渐地让"被我虚拟出来的他"占据主格的过程。他的另一本诗集叫"去人间"，原本就身处人间，为何还要"去人间"？这是因为他有着殊异于他者的世界观和认识论，"我按照他的眼界在我的世界里写我的人间，也按照我的眼界描绘出他指认的人间"。如此说来，他的肉身之我与虚拟之我，就有两个"眼界"，"人间"就有了被一个我"所写"和被另一个我所"指认"的双重性，人间就有了如实描绘和修正的无限可能性。

（二）长诗的魔力——以《制秤者说》和《太姥山》为例

汤养宗的长诗也极其绵延，气势雄浑开阔，就像是蓄满了能量的"晶石"。比如他的《制秤者说》和《太姥山》，这两首长诗就给人留下了极为深刻的印象，可称之为他的长诗"双璧"。

汤养宗的《制秤者说》是一首醍醐灌顶之作，它是对丧失了尺度、标准的时代的鞭笞，是对"天公地道"的呼唤，诗人凭一己之力对抗整个低于"全世界的公约数"的现实，像一个孤独的斗士坚守着"一是一，二是二"的刻度。诗人的武器或道具只有这"一杆秤"。诗人进行去蔽，还原一杆秤的原始意义，星宿原本在我们的头顶，但一杆秤上的"秤星"，把高不可攀的星空拉低到可以被人所触摸和衡量的程度，一杆秤就是连接神与人之间的"中保"，就是衡量万物尺度的墨线与准绳。诗人说出"一杆秤就是条脊骨，身体的中点线"，继而把外在于人的秤，内化于人的体内，或者说，这在人们之间的"中保"，又变成了在人体内的"圣灵"。诗人的这杆秤，称量宇宙万物，也同时称量人自身，"你的肉身太重，但骨头太轻"。诗人把象征人心的"秤砣"小心谨慎地移位于"秤星"的精确刻度上，这是现实和理想的平衡、神与人类的平衡，也是法度和良心的平衡。诗人汤养宗在一首诗中，作为"道"的代言人，宣说惨遭遗忘沦丧践踏的法度，深刻挖掘"一杆秤"的寻常意、诗意和神意。一杆秤就是连接世界和人心的通道。他是为万物寻找尺度的"制秤者"，诗人即"制秤者"，制秤者说出来的一个理想之境是万物不偏离自己的属性，"草木按自己的草木之心活着"。他拿着"人心"之秤，走向另一个自我所指认的"人间"。

《制秤者说》是从"秤"这一事物入手，在宇宙秩序和心灵秩序之间架起了桥梁，通过写天上的星宿和秤杆上的刻度之间微妙的联系，预示了一种"星斗"和"命相"之间的关联。一杆秤和上面的数字，就是天公地道的保证。《制秤者说》不仅仅是对刻度和定衡的重视，也是对失衡、价值失序和伦理失序的一种诗性批判。《制秤者说》这首长诗所表达的"拨乱反正"和"对失序的重新秩序化"的主题，在《私生活》这首诗中也有涉及,"或抚弄一节指头,它可以点石为金/在空气中拨弄几下,就以为/人世里错位的什么,已经被拨乱反正",又如在《天底下看不住的乱》中他说:"汤养宗紧盯的大事是,手心长成了手背/害怕每天醒来,又反穿上衣服/或者自己将来的坟,无缘无故埋上了别人的尸",可以说,失序、颠倒和世事的反常,就是他"紧盯的大事"。

汤养宗的《太姥山》(长诗)隐隐然有一种弥纶群言,成为影响所有他者的诗篇中的强力诗篇,有占此山为王的气势。《太姥山》与其说具有美学上的不可渗透性,不如说具有更加多面的社会折射力。他没有机械地使用词语,创造性地使用非概念的词语并在非目的性驱使下产生了有生命力的美学空间,并能够在语言材料的反射和感觉投入中产生灵性的愉悦。读者的想象被激发,读者拿出寄存的经验的财富在诗的阅读中去主动消费自己的智识和情感。这样,诗歌就成了一种针对他者的建设性的行为。在汤养宗的诗里,不仅有诗人自治性的抒情声音的传达,不仅是可阐释的自我内心的声音,还是一个文本元素的聚合体,诗展现了一个诗人的多元文化修养。他提供了不断更新着的新的语言感知的变化。汤养宗的长诗是有节奏感的震荡,每一次阅读都有新的文本愉悦。他找到了属于自己的灵性资源,运用着一种汤养宗式的诗性思维,构建着汤养宗式的诗性秩序。

汤养宗与太姥山的相遇就是"我与另一个主体的相遇"。太姥山是汤养宗的自我意识的一个客体,太姥山成为一首复杂的诗,成为他自我意识得以彰显的所在。"这座山"就是静默减去言说后所剩下的部分,"这座山"就是此生和此身。"这座山"就是盛世危言集结而成的一堆"危石",这是一座词语的"太姥山",由想法、观念构成的语言之山,是解肉身化和祛魅之后的语言之山。"放弃了作为肉身的念头,一场哗变之后/变成一种陡峭,成为白云的遗言"。他在解肉身化的同时没有放弃言说,"白云的遗言"作为一种没有污染的降下来的语言,充满着一种洁净的启示性,更能勾勒一副真实的面容。或者说,他在看山的时候,也是在解读着人世。"每块岩石都在引体向上","天下最有硬度的汉子们,在苍穹下/站成了各自的位置,像在服从/一次集体的命",从他的诗句中,不难看出,他既关注个体的命运,也体察淹没于集体甚至于说一个没有个体的个体,一个以集体面貌为面貌的个体,以集体的命为命的个体。只有"集体的命",这是个我的丧失,这是被割断了肉体和精神两颗头颅的人民,这是群体性的事件和灾难。

汤养宗关注单独者,被群体淹没的个体。他感受到了向上之力,听到了石头的呼喊,感知到了巨石的念头,伸出一只小脚的石头也自有其合理性。比如,在这些诗句中:"每块岩石都在引体向上""每块石头都在向天呼喊""每一块巨石至今仍然有自己的念头""七星洞里有块石头突然伸出了/一只小腿""每一块石头仿佛拥有各自的时间""它们都有自己的身份,在诗句里/这块石头姓张或另一块姓王""每块石头都领到了/自己的形状,与兽类无异"。这些不向命运妥协的积极发声的石头,有思想的石头,它们既是存在又是存在者。个体的自由意志会聚和上升为集体意志,石的世界,是实现了诗人的诗学理想的乌托邦。诗学的乌托邦因素没有与既定的现实世界妥协，汤养宗的诗学理想与诗的现实之间的差异可视为从生成状态到即成状态的一种转换。

诗人在对太姥山的深情凝视中，发生了一种"移情"。诗人把不作之作的建筑学视为一种诗学，太姥山就是一个按照他自己的建筑学来建筑的一座庞大的诗的建筑——"垒成云天下迷宫般的乱石堆"。"乱石之中组合成天地"正是一种暗合了自然秩序、心灵秩序和伦理秩序的"不作之作"的建筑学或诗学。这种"不作之作"大于圣人的述而不作，是一种行动着的思想，一种符合静默美学的语言，即"静默的喧哗与硌手的冥思"。

总之，在人心与石头之间，汤养宗留了扇"石缝间的命门"。在没有神秘的神秘主义盛行的当下，"越来越沉湎于 / 对自己的研究中，却依然有一些星辰 / 在为它们校对罗盘，神秘地导航"，他这样醉心于"云端的路"和向上的力，无异于在给一个祛魅的世界复魅。"往云端走，也往自己的内心里走"，无疑就是对集体无意识的反抗，就是对"对天地有了顺从"，就是"作为乱石中的其中一石 / 从了自己的命"的心有不甘。介于神思与妙悟之间的汤养宗，可以说，他是清楚自己的初心和去往哪里并知晓"道"的智者，他总有一双伸向天空的"摘星手"；他总有一个超现实的目的地，"往云端走，也往自己的内心里走"；他总有一个很强烈的自我意识，"石头里也有另一个自己"……"请直接从花岗岩内部，取出你需要的灯盏"，这或许就是《太姥山》这首长诗所映照出的经久不息的对人心的光亮。

读汤养宗的长诗是一场难得的"智识的欢乐"。他是"接通云天"的诗人，他的诗有"下来的力与继续向上的心"构成的牵扯与冲突。

四、结语

汤养宗是一个大摇大摆走在路上的语言魔术师、独行侠，无论是"长诗"还是"短诗"，只不过是长枪或短剑的区别。他带给人的就是"一个人看星星 / 看着看着，身上就突然 / 闪闪发光"的语言魔力。他身处语言之中，从语言中获得了灵性的愉悦，过上了甘美自足的灵性生活，但是他却在诗中坦言"都失败了"。"败于奇思妙想 / 败于修辞法"，这是思想者败给思想的虽败犹荣的失败。"都是无效的，无效的"，是可说败给了不可说的，是语言想承载更多的道，却只是触及了虚空。但他已经在说与不说中，捕捉到了"虚空中的一群小鸟"（《都失败了》）。他的诗向世界开放，置身于他的诗之内就是置身于世界，而不是与世界隔绝；他的诗是"从没有被谁敲响的钟"，却让人听到了"老虎的心跳"。

Pan Xichen
潘洗尘

潘洗尘，1963年生于黑龙江，1986年毕业于哈尔滨师范大学中文系。二十世纪八十年代开始诗歌创作，诗作《饮九月初九的酒》《六月我们看海去》等入选普通高中语文课本和大学语文教材，作品曾被译为英、法、俄等多种文字，先后出版诗集、随笔集17部。曾主编《中国当代大学生诗选》《读诗——中国当代诗歌100首》《诗探索丛书》《生于六十年代——两岸诗选》《生于六十年代——中国当代诗人诗选》《诗歌EMS·60首诗丛》《读诗库》等书系。曾任《星星》诗歌理论月刊等刊物执行主编、主编。2009年以来先后创办并主编《诗歌EMS》《译诗》《评诗》等多种诗歌读本。曾获《绿风》奔马奖、柔刚诗歌奖、《上海文学》奖、《诗潮》最受读者喜爱的诗歌年度金奖、《新世纪诗典》李白诗歌奖成就奖、2016年度十大好诗、2016年度中国十佳诗人等多种诗歌奖项。

潘洗尘作品选

一天天

瑕疵太多了
怕一动就骨折
怕一张嘴就说错

所以　只能在被阳光
包围的卧室里
躺上一整天
不说一句话
只吃很多的药
只抽很多的烟

傍晚时下楼
引着炉火
陪固定的朋友吃饭
聊天
然后再上楼
开始新的一天

就这样周而复始
我有限的余生
已容不下半点瑕疵

坚硬的诗歌

午后一撮巴一撮巴的
清理炉膛
看着自己亲手烧出的
这些木炭
不由得就想到了
杜甫和张思德

只有昨晚用来引火的
壁炉底部的那些旧报刊
依然不肯成灰
甚至那些刻在纸上的
一行一行的诗句
还清晰可见

九　月

九月一日第二次世界大战正式开始
九月二日法国大革命发生大屠杀
九月三日世界反法西斯取得最后胜利
九月四日北伐军诞生
九月五日第一次鸦片战争爆发
九月六日麦哲伦完成人类首次环球航行
九月七日《尼布楚条约》和《辛丑条约》签订
九月八日德沃夏克出生
九月九日毛泽东逝世
九月十日中国教师节
九月十一日美利坚遭受恐怖袭击
九月十二日我在上海做手术
九月十三日林彪坠机温都尔汗
九月十四日《南非和平协议》签署
九月十五日绿色和平组织成立
九月十六日国际保护臭氧层日
九月十七日世界出现第一张火车票
九月十八日日本装甲车侵入沈阳
九月十九日埃及收回苏伊士运河主权
九月二十日《中华人民共和国宪法》颁布实施
九月二十一日世界和平日
九月二十二日林肯起草《解放黑人奴隶宣言》
九月二十三日伽勒发现海王星
九月二十四日美国首次提取恐龙基因材料
九月二十五日我的家乡发现大庆油田

九月二十六日世界避孕日
九月二十七日世界旅游日
九月二十八日孔子在曲阜出生
九月二十九日世界行走日
九月三十日这一天过后就是十月一日

悲欣交集

快乐有多正面
悲伤就有多负面

但在我的内心深处
唯有悲剧产生过
留得下的美感
而喜剧
则一直是用来
审丑的

我的世界很小

我的世界很小
小时候小到一个村子
长大后大到一家企业
45 岁以后
我的世界又逐渐缩小
小到大西南一个居民小区里的
一栋房子
后来女儿大了
我的世界又多了一个
地中海上我一无所知的小岛
从今天开始
我的世界又随女儿
跨过了另一个大洋

多了一个更加一无所知的
叫波士顿的地方

集体创作

没有荒诞派戏剧
没有荒诞派小说
没有荒诞派电影
萝卜不荒诞
白菜不荒诞
三文鱼不荒诞
没有荒诞的二胡
没有荒诞的足球
没有荒诞的观众
只有荒诞的现实

注：该诗系作者与耿占春、树才等集体创作

论豆腐与诗歌抑或豆腐匠与诗人

小时候
父亲做豆腐
卖给村里的乡亲
村里还有其他的豆腐匠
也做豆腐卖给街坊们

受父亲的影响
长大了我也自学了一门手艺
写诗
但今天我突然觉得
自己现在所从事的这个行当
远不如父亲做豆腐

父亲当年为了谋生
是需要街坊邻居们买账的
而不是像当下的诗人
仿佛只是写给同行们的
甚至同行之间
谁也不买谁的账

我无法想象
如果父亲当年做豆腐
也只是为了和他的同行们
互相品尝
那么这个古老的行业
还有什么
存在的价值

所以最怕你们长大

作为父亲
把你们带到这样一个世道
实在是一种罪过
也许我们能做的
只能是在你们牙牙学语时
给你们营造一个
方寸的自由空间
那块飘着白云的蓝天和
开着花朵的大地
也分明是为你们借来的
所以最怕你们长大
是的作为父亲
我可以给你们无尽的爱
哪怕有一天为你们粉身碎骨
但终归有一天
深陷丛林的你们
会发现童年时那些自由的

白云和花朵
都是假的
而你们的父亲
纵使在情急之下长出三头六臂
也只能眼睁睁地看着你们
一天天地
被黑暗吞噬
所以最怕你们长大

现在说说我的写作理念或理想

深夜老友明政发来语音
说读你的诗
感觉就像是你从自己的身上
抽出一条肋骨
磨成针再蘸着无名指的血
写出来的
这些诗
如果烧成灰
死去的人都会看到

其实老友只说对了一半
他说的不是我的诗
只是替我说出了
我的写作理念
或理想

注：中国民间有一个传说，在为死去的亲人焚烧的纸钱上，滴上无名指的血，死去的亲人才能收到。

真正的诗人

真正的诗人

宁肯倒下也要
成为他诗歌中的一行
至少他也应该像一个汉字那样
立于他的诗中

但大多时候
我看到的都是
那些躲在文字后面的
我的同行

鸟儿问答

与常来家中的鸟儿
朝夕相处了这么多年
至少　我已经能听得懂
它们说什么
今天　突然听见其中的一只
正在教育另外的一只
大意是什么你可以说
什么不可以说
我这才突然发现
过去它们还只是一群
不说人话的鸟
现在　它们竟然变成了一群
不说真话的鸟

清　明

为什么我们的先人
把如此澄澈的一个词语
给了今天
给了那些逝去的亲人
难道　真的是被我们称为

阴间的世界
更清明
而我想说的是
在这样一个特殊的日子里
是不是应该
有罪的谢罪
无罪的默哀

时　间

忽而抽打
忽而抚摸
多想任时光就这么
不停流动　流逝
而我能像自己刚脱下的
衣服一样静止
但时间
这宇宙中唯一公正的主宰
绝不会给任何人以
此等机会

口　罩

很多年了
有一只口罩
我一直戴着它
吃饭时戴着
抽烟时戴着
甚至睡觉时也要戴着
有很多次
我都想看看它的样式
摸摸它的手感
还有它到底是

什么材质
直到今天
我在照镜子时
第一次看见了它
但我知道
它绝对不是
我戴了 N 多年的
那一只

我从未相信过钟表的指针

谁愿意人吃人
但这样的事情过去
不是没有发生过
极端的灾难能催生
人心中的善
但也会催生
人性中的恶
我多希望凡我族类
尽为前者
抑或前者更多
但现在还不是
一盘棋终局的时候
不论你执黑执白
先手还是后手
也不管是一目还是半目
即便是到了
读秒的时刻
所以现在你说什么
我都不会相信
就连我此刻写下的这些
我自己都不能
彻底相信
这就像我从未

相信过钟表的指针
我只相信
时间本身

天　问

我早就知道
人在做
你在看

但即便你是天
也无权因少数人作恶
让多数人遭谴

在恐惧中度过了半生

年少时恐贫穷　恐饥饿
虽然那是每时每刻
都要面对的
长大了恐高　恐水
所以不敢坐飞机
不敢游泳
每次车行盘山公路
手心都会出汗
后来又恐寒冷　恐闷热
恐阴雨　恐暴风雪
所以要离开东北
但不敢去江南
就只能来大理
离开家乡后
恐家里人的电话
总是担心传来
什么不好的消息

而不论面对友情或爱情
就更是恐虚伪
恐背叛
多媒体时代
每天打开手机和朋友圈
恐官话　恐套话
恐油腔滑调的文字
总之作为一个诗人
最怕的就是眼下
语言的堕落
和腐败
而自从生病之后
恐失眠恐到
大把大把的安眠药吃下
仍辗转反侧
虽然信奉了天主
看得见天堂
但仍恐惧死亡
也恐惧
定期必去的
——医院
就是这样
就是这样
虽然偶尔自己
也会觉得春风得意
顺风顺水
但事实上年年岁岁
日日夜夜
分分秒秒
自己都是在
恐惧中
度过了半生

变成机器人该有多好

这几年不停地
在各种医学仪器中穿梭
我觉得
自己就要和这些器械
融为一体了

今天在磁共振
刺耳的噪音中我想
如果真的就变成
一个机器人
该有多好
不再有那么复杂的
人体结构
不再有肝胆脾胃肾
甚至也没有喜怒哀乐
最重要的是
从此就只剩下一副
铁石心肠

树才

洗尘和他的深情诗学

洗尘是早慧的人。

我们因诗结缘，久而久之，便成兄弟。如今这份兄弟情谊已渗入日常生活中，成为彼此生存的一种支撑。当然，区别还是有的：他早慧，我晚熟；他生在北方黑龙江，我生在南方浙江；他的村子叫东风村，我的村子叫下陈村。我到过他的老家，他也到过我的老家。洗尘的全家人，他的父母，他的妹妹弟弟，包括他的侄女外甥，我都见过。从某种意义上说，我们成了非血缘的亲兄弟。我同他的关联，已经不是友情意义上的，而是命运意义上的。一种无条件的东西，不知从哪一瞬间开始，作用于我们的内心。

我还记得，是在东风村洗尘老家的厨房里，那是我第一次去他家，通过同洗尘妈妈唠嗑儿，我学会了地道的东北土话"嗯哪"。然后，在洗尘小妹妹的示范下，我明白了"嗯哪"的各种变调及丰富含义。我甚至把这声"嗯哪"带到了美国，记得有一年冬天，我去纽约看义妹玲华。我的一位大学同班同学，一位哈尔滨人，带着她的宝贝儿子，从波士顿到纽约来和我会面。我同那个不到十岁的小男孩讲，你是中国人，你是黑龙江人，你妈妈小时候可从来不说"yes"，东北人只说"嗯哪"，然后不停地同他一起练习……我回国后，那位女同学果然向我"抱怨"起她的宝贝儿子来，说他自从同我玩了那一天后，不管爸爸妈妈问他什么，他一律变着腔调回答"嗯哪"，而且只说"嗯哪"！

洗尘的早慧，包含着早恋的情感经历，但更是体现在诗才的发挥上。他1982年考上哈尔滨师范大学中文系，1983年他就写出了《六月 我们看海去》。这首诗我每次读，都会被它欢快的节奏所感染，因为那一年我考上了北京外国语学院法语系，我也是一位理想浪漫的大学生啊！中学语文教科书收入这首诗，选者是有眼力的。它写出了当时所有年轻大学生对"远方"的向往和希望，写出了整个时代的乐观情绪和喜悦节奏："噼噼啪啪""絮絮叨叨""遥远遥远""风风火火""欢欢乐乐""匆匆忙忙""嘻嘻哈哈""飘飘荡荡""高高兴兴"，你们数一数，光叠音词他就用了九个！他明知道"大海啊大海我们遥远遥远该有多么遥远"，但梦想比现实更诱人，他的内心愿望却是"看海去看海去没有驼铃我们也要去远方"。超出二十字的长句，没用一个标点符号，但一口气就能念下来，流畅、欢快、急切、奔涌，像冲向岸边的长浪。是洗尘身上的浪漫、理想和激情，催生了这首诗。这是他最初的诗艺，是生命本能的激情。

1993年，时隔10年，洗尘又写出了《饮九月初九的酒》。洗尘是滴酒不沾的人，但这并不妨碍他把这首诗写得愁肠百转。忧啊，杯中盛满的其实不是酒，而是积攒心头的思乡之忧和思亲之情！忧伤濡湿了这首诗的每一个字和字里行间。未写之前，愁已满怀，既已写就，天心亦伤。洗尘写到了"老父"和"老母"。这是一首一唱三叹的忧伤之歌。在酒里，忧伤幻化成歌声，融入月色之中。浪漫感伤，是洗尘30岁之前的情感特质。命中注定，经历过农村贫穷生活的洗尘，最终会被改革开放带来的经济浪潮吸引，投身其中，弄潮其中。

我注意到，在占春老大哥的长文《悲伤与修辞——读洗尘的诗札记》中，洗尘2008年的诗作《盐碱地》被视为"重新出发的写作"。重新出发，意味着洗尘已从商海返回，意味着他要用"诗人"的位置去替换"董事长"的座椅。

2

洗尘本质上是一位抒情诗人。

纵观洗尘的诗歌创作，"情感"是一条主线，串联起他的每一首诗。他的诗歌生命首先是一种"情感生命"。诗情诗情，他的"诗"的萌生点和推动力，就是一个"情"字。"感人心者，莫先乎情"，白居易的这句话，洗尘简直是生而知之。情绪、情感、情志、情义、情结……曲折的生活历程，在洗尘身上不断地加强着"情"的烈度，拓展着"情"的宽度，以至于他的整个诗歌可以称得上是一种"深情诗学"。

之所以把"深情"这个词视作一个诗学范畴，因为在我看来，洗尘的诗歌从发轫、缺席、返回一直到2016年以来的"疯写"，其用情之深之广，达到了某种令我心惊的规模。这么一个北方汉子，一路闯荡，但在倔强、硬朗的严峻脸色下，胸膛里跳动的其实是一颗极其浪漫、极其炽热的爱心。占春老大哥认为，洗尘的诗"摆动在诗言志与诗缘情之间，摆荡在兴观群怨的社会性功能与退隐之心之间"。这是一种洞见。凡动情之处，洗尘必诉之为诗。情感带给他一种不能自抑的强烈欲望，为了得到舒缓，他必须立刻诉诸笔端，一分钟也不能等。这是一种天才似的自信写法：情之所至，提笔便写，决不多虑，写完之后，几乎不修改，马上贴出去。这一点我是很佩服的。即便像《辩护》这样的诗，有讲究的结构和咬紧的节奏，我相信也是一笔落成之作。"疯写"源自洗尘对有限生命的紧迫感，所以他的绝大多数诗作，都是"情感"压力下的急就章。洗尘是率性的，在用词上如同在用情上，他偏爱夸张，从潜意识来说他是追求极致的。情到深处，他是无所不用其极的。深情让人忘我。忘我便给"走向极致"创造了条件。

占春老大哥还指出，"洗尘诗中的情感图景是广阔而多元的，很少有人像洗尘那样描述过如此之多的情感状态，快乐，爱，沮丧，遗憾，憎恶，义愤，恐惧，忧思，悲伤……在洗尘的诗歌中，情感的表达总是伴随着多重情态的呈现，伴有身体感觉状态的描述……"这段话探及了洗尘情感的复杂构成和心理边界。诗心本来就易感，洗尘面对一切遇见之人、所有经历之事，都会心潮起伏，脑海涌起大浪。对父母，他深怀报恩之情，可以说他争取一切，都是在为亲人们争取；对朋友，他恨不得把心掏出来给你看，这种赤诚，这份全心全意，我就是一个证人，有时候他甚至觉察不到，他的行动已经超出了他的能力；对诗歌，他的付出，大家是有目共睹的。

如果要给洗尘的诗歌和人生找到一个关键词，我会想到哪一个词呢？我想到了："创伤"。

和我一样，洗尘也是在农村长大的。"贫穷"给我们这两个乡下孩子带来了最初的"创伤"。它是肉体上的，表现为饥饿、吃不饱；又是精神上的，表现为大人必须为挣来"吃的"埋头劳作，小孩子只能野草一般自生自灭。我相信，少年时代，一种莫名的多情和忧伤，已经潜入到我们的血液里，从此随着命运变幻。尽管看上去，考上大学之后，我们的个性表现得倔强而乐观，敏感而自尊，但我们情感的底色却是悲伤的。

从精神构成上说，创业成功也没能挖掉洗尘身上的"忧伤"气质。如果说 1983 年的《六月　我们看海去》裹上了一层浪漫的欢乐节奏，那么 1993 年的《饮九月初九的酒》又返回到洗尘的情感本色：忧伤。父母、农村、妹妹弟弟、儿时经历、村头稻田，这些才是萦绕洗尘心头的人和事。我们的想象和我们的语言，早已被我们的童年生活所感染：浪漫、质朴。

我认为，洗尘经历过四次人生蜕变：从农村到城市，是第一次蜕变；从辞掉铁饭碗到搏击商海，是第二次蜕变；从商海上岸重新写作，是第三次蜕变；而最重要的第四次蜕变，则发生在 2016 年 9 月 12 日……这些人生蜕变，同情感生灭几乎是并行的：从感伤到忧伤，从忧伤到创伤，从创伤到悲伤，从悲伤又到神伤。诗神就是用痛苦之锤这样击打洗尘的。神奇的是，洗尘不仅经受住了考验，而且愈挫愈勇。用情愈深，伤得愈深，但洗尘最终投身于最深之爱：皈依了天主，无私之爱。

生活的变化迫使他的语言发生变化。更直接的口语和更简捷的叙事吸引了他。占春老大哥也观察到，"如果说洗尘的诗是抒情，那么他的大多抒情诗都是由简捷的叙事构成"。他总是写到他的生活事件，通过叙事的转换把它们带到生命的高度："23 岁辞去公职/44 岁再辞私职"（《没有对错》），"从 8 岁到 13 岁/你把一个原本我/并不留恋的世界/那么清晰而美好地/镶嵌进我的/眼镜框里"（《致女儿》）。他总是愿意实话实说，但他其实善于巧用符号的象征作用，把他所叙述的事件变成他者能想象到的暗示，日常的变成精神的，符号词语连通了隐喻暗示："母亲来看我的路/有千条万条/而我再次见到母亲的路/就只剩下一条"（《写在母亲离去后的第七十五个深夜》），"我只有悲伤地注视/脆弱的生命　和比生命/更脆弱的心"（《悲伤笼罩大地》）。总的来说，口语是他的认定，叙事是他的笔法，情绪是他的发动机，心是每一句诗的指南针。

洗尘的语言其实是多变的，就像苍山上的云因天空而变幻，洗尘的词语也因情感的起伏而多变。这一切都是因为他那颗敏感、敏锐而敏悟的心。他的心脏和心，同时遭受了巨大的创伤。实际上，洗尘是通过写诗在治疗自己，每一首诗都胜过他的一大把药片。果然，他从创伤中恢复过来了！每当占春、赵野和我，当然还有其他朋友，围在洗尘家的长桌旁饮酒、聚餐(有时是在像洱月楼这样的菌子火锅店里),洗尘总是谈笑风生,开怀大笑,那时我感觉到他的全身细胞都充满了快乐——他爱朋友真是到了极致的程度。

4

2016年9月12日之后,我认为洗尘变了一个人:变得更"深情"了!他开始拥有一种双重的生命。他开始以"深情"的目光去打量一切,抒写一切。身心磨难改变了他的语言和抒情方式。他的诗歌,用词是如此简单,用情是如此炽烈,用心是如此良苦,用意又是如此美善……仿佛热血奔涌着,直接就流淌成了一行行诗句。人世间最动人的就是深情,而洗尘又把"深情"转化成了"诗句"。

仿佛,他看待一切人、事和物的目光变得更决绝了,他的目光中有了更多的怜惜、温情和爱意,当然也有了更深的无奈、无助和虚无。仿佛,他得了一种神助似的敏感力和抓取力,一只手伸向记忆,另一只手抓紧当下。他的写作变得更加放松、即兴和随心,闲谈之言也被他迅速转化为诗中的隐喻。仿佛,他暗中正在为这有限的生命准备着什么,他更想让诗句来做他幸存生命的最好的证人,他努力去领悟有限和无限之间的神秘关系。仿佛,一种紧张的角力正在他内心的决斗场无声地展开,暂时没有胜负之分。洗尘一定是窥见了生死之间的秘密,而他却秘而不宣。他真正信任的,也许就是沉默和诗句。现在,没有谁比他更争分夺秒地扑向生活,"时间"一分一秒都刺激着他,所以他"疯写";也没有谁比他更不顾一切地无所事事,"失眠"一夜一夜地伴他熬到天亮,所以他更加"孤独"。

但实际上,创伤反而加深了他的深情:"我这带病之身愿意死上千次万次/也要帮他们在遭报应前/一个个变好"(《深夜祈祷文》)。

在《生命如何延续》中,洗尘窥见了神的启示:"我只有写诗/并且写那些/与自己的生命/血脉相连的诗";而在《深情可以续命》中,他的领悟更是彻底:

爱你所爱的事物
爱你所爱的人
深情　炙热
能毫无保留最好

是的,"能毫无保留最好"!毫无保留,即是无私。真正的深情是可以让人无怨无悔的。也只有在无私的大爱中,创伤才能自己愈合,伤口才会长出翅膀。洗尘对自己命运的理解是独特的:"是深情续了/我的命"。

2020.09.12 于大理

草树专栏
CAOSHU's Column

语调之摆

语调之摆

草树

一、引论

语调即说话的腔调，就是声调高低抑扬轻重的变化。在一首诗里，其语调是一个诗人内心的声音通过语言的传达，包含口吻、语气和节奏等因素。以语调而不以腔调讨论诗的声音，或许语调看上去更加中性，而带着腔调的声音有着某种姿态性。语调决定着作品的基本态度，甚至从中可以一窥一个诗人的世界观之端倪。由于语调或高亢、或低沉、或激昂、或幽默、或反讽、或戏拟、或愉悦、或忧伤，其丰富性和复杂性，几乎难以穷尽，很难直接形象以一敌百地加以诠释。我以"语调之摆"作为一个进入诗歌声音的维度，试图将诗歌作品、抒情主体和诗歌声音的关系置入一个物理学的视野，看上去风马牛不相及，实际上物理学有时可以作为语言学或诗学的一个客观参照系，使得我们在讨论复杂的诗学问题时可以做到"言之有物"。

以"语调之摆"来描述诗学，始于王晓生。[1]他没有深入谈论诗的声音问题，而是将语调描述为一个在传统诗学和现代诗学之间的"摆"，比如从浪漫式的"饥者歌其食，劳者歌其事"以及古典的"诗言志"，"摆"向当代诗歌艺术的纯粹。他的"语调之摆"中的"摆"，显然来自一个物理现象。在物理学上，绕一个悬点来回摆动的物体，都称为摆。若把尺寸很小的质块悬于一端固定的且不能伸长的细绳上，把质块拉离平衡位置，使细绳和过悬点铅垂线所成角度小于10°，放手后质块往复振动，可视为质点的振动，其周期只同长度和当地的重力加速度 g 有关，即线长同质块的质量、形状和振幅的大小都无关系，其运动状态可用简谐振动公式表示，称为单摆。如果振动的角度大于10°，则振动的周期将随振幅的增加而变大，就不成为单摆了。如摆球的尺寸相当大，绳的质量不能忽略，就成为复摆，周期就和摆球的尺寸有关了。伽利略第一个发现摆的振动的等时性，并用实验求得单摆的周期随长度的二次方根而变动。惠更斯制成了第一个摆钟。单摆不仅是准确测定时间的仪器，也可用来测量重力加速度

---

[1] 2019年在《湖南诗人观察》研讨会上，中南大学教授王晓生首次提出"语调之摆"的概念。

的变化。惠更斯的同时代人天文学家J.里希尔曾将摆钟从巴黎带到南美洲法属圭亚那，发现每天慢2.5分钟，经过校准，回巴黎时又快2.5分钟。惠更斯就断定这是由于地球自转引起的重力减弱。牛顿则用单摆证明物体的重量总是和质量成正比的。直到20世纪中叶，摆依然是重力测量的主要仪器。在这一物理学现象上，我们不妨以单摆作为一种日常语调的象征，因为单摆和日常时间紧密关联，挂钟在日常摆设中几乎时时可以给我们暗示。而与此对应，那种高亢、激昂、愤怒的高音，我们则视为一种声音的复摆，它因为像质体一样的抒情主体掺杂了个人感官以外的观念、意义甚至意识形态的东西而变得"质量巨大"，从而"振幅"更大，当然这个"振幅"更大，不设定其为诗歌美学意义上的所指，仅就音调而言。在诗歌声学上，诗的音高并不意味着它能够像在物理学意义上那样传播得更远，相反高音可能恰恰不会获得一个复摆那样的周期和振幅，而是相反。

　　一个人在地球的万有引力场域，只是一个相当于单摆的质块，以生命作为度量时间的一个"装置"，可能在艺术上比单摆更准确——单摆测定的是科学理性界定下的线性时间，生命有着更为复杂的敏感度，比如超现实主义画家萨尔瓦多·达利的《永恒的记忆》，时间在他的视野里处于一种熔融状态，诗歌写作中的共时性则颠覆了线性时间的观念，其实诗在某种意义上也是非时间性或超时间的，它的同时性或共时性特点为记忆和当下、传统和现代敞开了时间维度。如果以"语调之摆"来描述汉语新诗百年的历程，它的确有点类似单摆，在传统和现代的两端来回摆动。当然，在此处"传统"并不单指中国古典主义的诗词和文化传统，还包含西方现代主义的传统，如象征主义、意象主义和超现实主义等，它们对汉语新诗的影响非常深远。

二、新诗草创和建设时期的语调之摆：从徐志摩、鲁迅到卞之琳

　　一般认为新诗诞生的标志是胡适的《尝试集》，这部诗集发表于1920年，汇集了诗人1916年以来白话诗的成果。胡适开白话诗（此文对白话诗和新诗不做区分）之先河，其写作成就不大，主要价值是作为一个领风气的先锋，在几千年旧诗传统的高地上拓展了一片新的语言视野。从1916年到1921年前后，这一时期对新诗卓有建

树的诗人大抵非徐志摩莫属。徐志摩是新月派的代表诗人，其写作风格主要师承西方的浪漫主义和意象主义，《再别康桥》因诗之形象优美、节奏匀称、风格感伤而成为汉语新诗早期的杰出名作。此诗的写作背景说法不一，一种说法是，1920年徐志摩远渡重洋，从美国到英国研究文学，在伦敦剑桥大学以一个特别生的资格听课，临到他要离开伦敦的前夕，在一个美丽的黄昏，他在康桥上漫步，流连忘返，写下了这首诗。另一种说法是，此诗作于徐志摩第三次欧游的归国途中，时间是1928年11月6日，地点是中国海。7月底的一个夏天，他在英国哲学家罗素家中逗留一夜之后，一个人悄悄来到康桥找他的英国朋友。遗憾的是他的英国朋友一个也不在，只有他熟悉的康桥在默默等待他，一幕幕过去的生活图景，又重新在他的眼前展现……由于他当时又赶着要去会见另一个英国朋友，故未把这次感情活动记录下来，直到他乘船离开马赛的归国途中，面对汹涌的大海和辽阔的天空，才展纸执笔，写下了这次重返康桥的切身感受。此诗的语调显然是在高音区，由于感伤和落寞，这个高音被压低了。诗的声音蕴含的诗歌美学，是英国浪漫派的唯美主义一脉，因而其语调是一个略带沙哑的高音，远不是一种对话性的语调，而是"抒情我"的直抒胸臆。他的另一首名作《偶然》的语调同样激越高昂，这首诗据说是写给林徽因的，但显然不是草地上的低语，仍然带有天空中飞翔的云雀嗓音，尽管诗的表达有了意象主义的痕迹。这个"抒情我"带有"超我"色彩，而不是一个日常生活中谈话的"我"，但是，如果将这个"抒情我"作为语调之摆的质块，他仍然在单摆所规定的范围，质言之，他不是作为一个上帝的代言人，也不是承担某种超出自我的使命，而且其想象力的悬线和离开的角度，保持在一个合理的角度之内，或偏离了10°，但究竟没有进入复摆的场域，只不过是其语调之摆的初始位置趋于上限，这个位置带有的势能，是来自西方的浪漫主义传统，没有出现真正的现代性诗歌美学的迹象。

新诗的声音出现低音并有着低音区的无比丰富的，第一个诗人是鲁迅，尽管鲁迅从来就是以一个小说家和散文家名世，他的《野草》也没有分行，由于其坚韧、微妙和奇崛的诗性，没有谁能将之排斥在诗的殿堂之外。"哇的一声，夜游的恶鸟飞去了。"（《秋夜》）这是新诗诞生以来前所未有的声音，其语调怪异尖锐，又低沉，完全不同于徐志摩凌空而发的高音——那种声音带有某种表演性，而不是一种对话性的存在——不是因应不同的谈话对象确定恰切的语调，也不同于被胡适称为新诗第一首杰作的《小河》[1]——此诗语调轻柔，叙事性消解了情绪的泡沫和抒情的姿态，新诗首次出现了真正的"语言的观看与倾听"，但是就诗的结构和语言边界的明晰来讲，显然不如《秋夜》，且多少带着散文的散漫，语调自然就免不了饶舌和矫情。鲁迅是凌厉的，他的语调尖锐如一把匕首，他在《秋夜》里将"抒情我"的声音隐匿起来，而由一种客观性的声音代为发声，这种自我客观化预示着新诗的现代性美学出现了，不论是诗人的视角，还是诗人的语调，有了全新的变化。这样一种客观性视角，

---

[1]《小河》，作者周作人，被胡适在《谈新诗》里称为新诗中第一首杰作。

有点类似于王国维之"以物观我",但是更丰富,比如一个"恶"字,就透出了许多信息。从传统的角度解释,这个"恶"是坏的,按照当时的历史背景,一般指国民党反动派什么的。张枣认为:"这个'恶'应该是波德莱尔《恶之花》中的那个'恶',是凌厉的、强有力的'恶'。"他在《诗歌中的音乐》一文中找到了文本证据,比如徐志摩认为象征主义无非就是音乐、声音啊那种迷惘的情调,就是他的那种小资情调,鲁迅就用达达主义的方式讽刺他说:"哪儿会有这样的一声恶笑。只要'哇'的一声,整个世界都会被它震倒。"[1]在鲁迅眼里,徐志摩的诗不过是一些叽叽喳喳软弱的东西,是不符合时代的。当然这"哇的一声"显然具有强健的力量,是与《翡冷翠的一夜》那样的小资情调和《小河》的文人趣味全然不同的,其语调凌厉,果断,干脆,由于借助于客体发声,或者源自一种元语言的倾听,其声音还有着一种收敛的力量,即有着一种内生之力。这种独特的语调表征着现代主义文学一个关键的部分进入了中国文学,"即现代主义是冷的(cold),而不是感伤的,是恶的。这种'恶'又是矛盾修辞法的,'恶'是《恶之花》的'恶',也就是说,其美感形式是立体的,而不是单向度的"。

> 枣树,他们简直落尽了叶子。先前,还有一两个孩子来打他们别人打剩的枣子,现在是一个也不剩了,连叶子也落尽了。他知道小粉红花的梦,秋后要有春;他也知道落叶的梦,春后还是秋。他简直落尽叶子,单剩干子,然而脱了当初满树是果实和叶子时候的弧形,欠伸得很舒服。但是,有几枝还低亚着,护定他从打枣的竿梢所得的皮伤,而最直最长的几枝,却已默默地铁似的直刺着奇怪而高的天空,使天空闪闪地鬼䀹眼;直刺着天空中圆满的月亮,使月亮窘得发白。[2]

枣树是另一个意象,是一个阅尽人世浮沉和艰难时代风云的自我的形象,自我的不可说的沉默由于"枣树"这一客观对应物,变得可以言说,"抒情我"和枣树(自我)有了对话:"他知道小粉红花的梦,秋后要有春;他也知道落叶的梦,春后还是秋。"绝望中有着希望,幻灭里有着怜惜。其语调平和、细声、温柔,又有着不妥协的口吻,"而最直最长的几枝,却已默默地铁似的直刺着奇怪而高的天空,使天空闪闪地鬼䀹眼;直刺着天空中圆满的月亮,使月亮窘得发白"。反讽,诡异,戏拟,语调的丰富一改鲁迅"横眉冷对千夫指"的刻板的愤怒形象,一个更为真实的鲁迅跃然纸上。

语调之摆,在鲁迅这里实现了对现代性诗歌美学的多向度触及,一种消极性诗学在某种意义上改变了语调的音质,诗的基本语调有了一种冷峻和锐利,有着巨大的穿透力。同时矛盾修辞法和自我客观化,使得自我对话成为可能,其对话性的艺术自觉,

---

[1] 参见《张枣随笔集》,160页,中国出版集团东方出版中心。
[2] 鲁迅,《秋夜》,《鲁迅全集》第二卷,人民文学出版社,1981年,162页。

也使得语调更加恰切和得体。在诗歌美学上，唯美主义不再是诗人崇尚的对象，维护真实和诗性正义，被放到前所未有的高度。语言本体论的自觉，让诗的声音真实，客观，直接，有力，其语调不再是单一的，往往是复调的，或多声部的合奏。

  语调之摆总是在"为人生而艺术"或"为艺术而艺术"之两端来回，从新诗的历史视野看，这一时期鲁迅以为"为人生而艺术"的理想是彻底幻灭了，他处在"我将开口，同时感到空虚"的"不可写"的语言困境中，所幸从象征主义那里找到钥匙，打开了一扇语言之门。其语调完全不同于"救救孩子"那种哀愤的高音，而是整个在低音区运作，在艺术上也独立自足，开启一种元语言的写作，语言和存在实现了叠加而不再二元对立，语言本体论的策略成就了杰出的文本《野草》。也许在一些论者看来，《野草》过于晦涩，成了阐释者的噩梦，张枣或是第一个以元诗概念将《野草》的底盘勾画出来的论者，十分清晰，明确，令人信服。但是正如新时期即八十年代后期的诗人们反传统、反崇高那样，在1932年前后，新诗写作的诗人们却意识到丧失传统的代价，语调之摆，在整体性的视野上，在传统和现代两端来回，只不过这一"传统"作为一端，不是复古，而是融合。从新月派出来后来成为现代派代表诗人、学贯中西的卞之琳，成为融合传统的新诗建设的集大成者。作为艾略特《传统与个人才能》这篇影响深远的雄文的译者，他当然不可能不受到影响，但是在卞之琳的创作实践中，他的传统观看上去不是来自艾略特，而更多来自儒释道的古典精神。引来众多阐释的《距离的组织》，如果不是作者自己注释，几同天书。

  想独上高楼读一遍《罗马衰亡史》，
  忽有罗马灭亡星出现在报上。
  报纸落。地图开，因想起远人的嘱咐。
  寄来的风景也暮色苍茫了。
  （醒来天欲暮，无聊，一访友人吧。）
  灰色的天。灰色的海。灰色的路。
  哪儿了？我又不会向灯下验一把土。
  忽听得一千重门外有自己的名字。
  好累呵！我的盆舟没有人戏弄吗？
  友人带来了雪意和五点钟。

  语调生涩，怪异，与日常的语调相去甚远。"远人""醒来天欲暮""寄来的风景也暮色苍茫了"，带着旧知识分子的腔调和古词节奏，仿佛在吟唱，又带着淡漠、疲倦的口吻。诗的语境显得不和谐，戏剧独白和梦境嵌入，并非生动的场景呈现，而是具有浓厚的玄思色彩。"这篇诗是零乱的诗境，可又是一个复杂的有机体，将时间空间的远距离用联想组织在短短的午梦和小小的篇幅里。这是一种解放，一种自由，同时又是一种情思的操练，是艺术给我们的。"朱自清先生说得中肯，张曼仪也谈得颇佳："《距离的组织》运用古今典故和意象的联系，作时间和空间二度距离的组织，诗人的思绪可不容易追踪,尽管如此,诗句所提示的一片灰蒙蒙意境,仿佛一幅印象派油画,使人不期然受到感染,悠然而兴苍茫之感。"此诗最为精湛的诗句是"友人带来了雪意和五点钟",不写傍晚天开始飘雪,以"雪意"二字出之,很有古典神韵,"五点钟"之精确具体,与前者之抽象,恰成"佳偶"。卞之琳在1942年创作的长篇小说《山山水水》中借主人公梅年纶的口说:"我们现在处在过渡期中,也自由,也无所依傍,所以大家解放了,又回过去来追求了传统。一个民族在世界上的存在价值也就是自己的传统。我们的传统自然不就是画上的这些笔法,也许就是'姿'。人会死,不死的是'姿'。庞德'译'中国旧诗有时候能得其神也许就在得其'姿',纯姿反容易超出国界。"卞之琳此说十分富有洞见,意义深远,是站在文化身份意义上去谈论传统的价值,而不是艾略特的整体文化秩序意义上的。他在"化古""化欧"上的实践,对于新诗的贡献显而易见,但是他强调的"姿",或称"中国精神",还没有在语言本体论层面上形成一种古典—现代世界观,更多是认识论意义上的,而不是存在论意义上的。或许正是认识论的语言肌质与存在的血流形成抵牾,导致了《距离的组织》之晦涩玄奥,在某种意义上说也是因为失去语言的边界而变得难以言说。《断章》的语境统一和语调的日常化,使它成为一种真正的"语言的观看",其观看类似禅悟:"你站在桥上看风景,/看风景的人在楼上看你。/明月装饰了你的窗子,/你装饰了别人的梦。""你",可以看作自我的客观化,这样看风景的"你"和整个世界的关系被置入一种静观。作者在普鲁斯特《往日的追寻》译文片段的按语中说:"这里的种种全是相对的,时间纠缠着空间,确乎成了第四度(the fourth dimension),看起来虽玄,却正合爱因斯坦的相对论。"[1] 此一观念,他又在《成长》中虚设的庄子和孔子的对白辩驳中,用以讨论庄子《齐物论》的相对观念,可见他的现代观念有着古典精神的源头,且相互贯通,有所主张(比如采取孔子的中庸之道,主张相对的绝对)。量子力学时间和空间纠缠的理论如此早地出现在他的认识中,故而他的诗呈现出非时间性特征,或者说在语言上洞开了时间的共时性维度,足见一个学贯中西的大家对新诗建设的思虑之深,《断章》可以说是中西文化熔铸的杰作,是卞氏"相对论"的精湛的诗性表达。

三、高低音转换:从北岛、多多到张枣

从1949年到20世纪70年代后期,汉语新诗的现代性探索之路中断,抒情诗人几乎众口同声以一个语调发声:虚幻的高音。诗的身体性被取消了,发声方式表现出惊人的一致。这种语调带来的是审美主体性和写作个人性的丧失,伴随着自我放逐,语言和人沦为工具性的存在。1976年清明前后,北岛写下《回答》,此诗初

---

[1] 卞之琳,《斯万家一边》,《大公报·文艺副刊》,1934(43)。

刊于《今天》，1979年刊载于《诗刊》第三期，犹如一枚重磅炸弹，以一个激昂而又悲愤、冷峻而又坚定的声音，宣告了对刚刚过去的时代的怀疑和不满，以及一个新时代的诞生。"卑鄙是卑鄙者的通行证，/高尚是高尚者的墓志铭。/看吧，在那镀金的天空中，/飘满了死者弯曲的倒影。//冰川纪过去了，/为什么到处都是冰凌？/好望角发现了，/为什么死海里千帆相竞？//我来到这个世界上，/只带着纸、绳索和身影。/为了在审判之前，/宣读那些被判决的声音。//告诉你吧，世界，/我——不——相——信！/纵使你脚下有一千名挑战者，/那就把我算作第一千零一名。//我不相信天是蓝的，/我不相信雷的回声，/我不相信梦是假的，/我不相信死无报应。//如果海洋注定要决堤，/就让所有的苦水注入我心中。/如果陆地注定要上升，/就让人类重新选择生存的峰顶。//新的转机和闪闪星斗，/正在缀满没有遮拦的天空，/那是五千年的象形文字，/那是未来人们凝视的眼睛。"（《回答》）此诗代表着一代人的心声，是一个高音对另一个高音的对撞，但由于引入了欧美意象主义的手法，其声音凝聚于意象，没有革命浪漫主义的空洞虚浮，因而又显得冷峻有力，诗的口吻显示了决绝的态度，发声方式则是宣言式的，诗的节奏铿锵有力、掷地有声。

《回答》宣告了北岛、舒婷、芒克、江河等朦胧诗人的崛起。朦胧诗这一概念，自产生之日起就争议不断，它来自评论家章明的一篇评论的题目：令人气闷的"朦胧"，章明认为这些诗歌受西方现代主义诗歌的不好的影响，过于追求个人化的意象与词汇，涵义有时显得晦涩，整体意境显示出某种荒诞而诡异的色彩，有时还呈现某种灰暗低沉的情绪。其实这一概括并不足以涵盖后来所说的朦胧诗的全部，而且文章里面涉及的诗人也没有一个是后来被公认的朦胧诗的代表性人物。但有趣的是，"朦胧诗"这一简单化的命名后来却成为约定俗成的名词，因为在另外一些支持朦胧诗的评论家那儿，朦胧诗代表一种新的"崛起"。在这一个时期，后来被指认为朦胧诗诗人和白洋淀诗群诗人的多多，其写作在同时代却呈现出某种异质性，首先就是语调的不同。舒婷广为流传的爱情诗《致橡树》，与其说是爱情的表达，不如说是一种爱情观念的表达，蕴含着鲜明的叛逆精神，在内在气质上，和北岛的《回答》是相近的，因此诗的语调也十分高昂、激越。但是多多写于1972年的《蜜周》，却语调低沉、丰富，具有明显的个人性特征。当然多多此诗的声音也同样带着愤懑和怀疑，只是在那个时代流行的高音区宏大抒情背景下，他却选择了个人性抒情的方式，以叙事、戏剧化场景和情景交融的手法，在一定程度上消解了情绪泡沫，压低了诗的音调，使得诗的语言显得更有质地和弹性。诗的语调不是批判性的高音，而是出现了反讽的调性。也许多多正是因为早期就意识到一个诗人的写作，必须发出一个人的声音，而不是作为一个代言人发声，因而他的写作持续更久，更具充沛的创作活力。

语调之摆，在同一个时代出现了不同的频率、振幅，或者说节奏，意味着一个独立、多元的写作时代的出现。也许以单摆的物理学描述喻示这样的写作现象不是十分准确，即是说，以北岛为代表的代言式、英雄主义写作，作为质块的诗人，其质量尺寸已经过大，摆线也变得不能忽略，且质块离开平衡位置的角度也超出了10°的范围——如前述，我们把10°以内设定为一个日常性范围，由作为时间度量的挂钟之摆得到喻示，将其定义为个人性写作，那么超过 10° 的复摆运动，就相对应地喻示一种整体性的写作。当然，整体性写作和个人性习作并不可以截然分割，比如多多的诗，就有着整体性和个人性写作结合的特征，无论早期的《蜜周》，还是悬居海外时期的名篇《在英格兰》和后期的《四合院》等。值得一提的是，如同复摆运动的整体性写作，也不能由此推理为一种非时间性的写作，或者说非时间性的写作超出了正常的写作范围和文学常识的想象，事实上，卡夫卡和艾略特的写作如以此定义，正是一种文学上的复摆运动的极致。

1984年，张枣写出《镜中》和《何人斯》，柏桦回忆了当时的情景，"这一年（1984）深秋或初冬的一个黄昏，张枣拿着两首刚写出的诗歌《镜中》《何人斯》激切而明亮地来到我家，当时他对《镜中》把握不定，但对《何人斯》却很自信，他万万没有想到这两首诗是他早期诗歌的力作并将奠定他作为一名大诗人的声誉。"[1]《镜中》第一个突出的特点是语调的转变，在北岛、舒婷、杨炼、欧阳江河等诗人仍在高音区抒情的时候，他把抒情诗的运作带到了低音区。

只要想起一生中后悔的事
梅花便落了下来
比如看她游泳到河的另一岸
比如登上一株松木梯子
危险的事固然美丽
不如看她骑马归来
面颊温暖
羞惭。低下头，回答着皇帝
一面镜子永远等候她
让她坐到镜中常坐的地方
望着窗外，只要想起一生中后悔的事
梅花便落满了南山

——《镜中》

此诗的语调是一种谈话的语调，口吻亲和、温柔、节奏舒缓，流畅，音高不再像空中云雀般嘹亮，也不是金刚怒目式的批评性调子，整个调性合乎一个人的日常语调。张枣在写作上一开始就从同时代诗人的调性中区分出来，并非偶然。傅维回忆北岛1985年去重庆和张枣见面，其中的谈话就透出了一些信息，"谈话在略显拘谨的氛围

---

[1] 柏桦，《张枣》，《亲爱的张枣》，38页，江苏文艺出版社，2010年9月。

中展开。寒暄一阵后，还是张枣率先打开了僵局，张枣对北岛说，我不太喜欢你诗中的英雄主义。北岛听着，好一会儿没说话。听张枣把所有的看法说完了以后，北岛没有就张枣的话做出正面回答，而是十分遥远而平静地谈到了他妹妹的死，让北岛十分震动和悲伤，谈到他在白洋淀的写作，谈到整个北京地下诗坛的状况，最后说，我所以诗里有你们所指的英雄主义，那是我只能如此写。"[1]一个诗人的基本语调，不单关乎作品的态度，也关乎世界观。北岛那一代诗人见过太多的苦难和暴力，他在当时的使命感，可能很难让年轻一代的诗人理解，北岛诗的英雄主义色彩和声音的高亢，源于担负一个公民"振臂一呼"的使命，因此在他的世界观里有的是"公民意识"，还没有一个真正意义上的人的概念。但是作为在长沙一个家境不错的家庭长大的张枣，他显然有了更深刻的关于"人"的概念。曼德尔施塔姆说："直到现在，俄罗斯诗歌的社会灵感所达到的无非是'公民'的理念，但是还有比'公民'更为远大的原则，还有'人'这个概念。"[2]在20世纪80年代初期，张枣不大可能读到曼德尔施塔姆这一论述。对于这一概念，从当代诗的写作场域看，虽然语调普遍降下了音量和音高，但是一些诗人仍然在那个"自我的质块"里有意无意添加了意义成分，从而改变了声音的真诚度和可信度——不是全知全能，就是批判姿态俨然，甚至一些批评家也不能"免俗"，为一些"道貌岸然"的声音背书。比如一些被指认为具有公民意识的写作，或者所谓的"思想之诗"。诗人的道德使命感无可非议，但是诗人的道德优势所从何来？20世纪现代主义的一个重大贡献，正如于坚所说，即是把诗的声音逐步调到中性，以自我和元语言为根基的写作，革除了批判现实主义的姿态。从这样的角度看，张枣对语调的自觉调校，在语言和存在两个维度展开现代性的追寻，正是一个语言自律的标志。当代诗是一种对话性的存在，一个诗人的一首诗总是有一个潜在的对象，这个对象决定了说话的方式，也决定了他的发声方式、语调和姿态。一个现代人以《致凯恩》的语调去表达爱情，一定会迎来对方的嘲讽，同样，如果言说对象是一个孩子，那么以《死水》的语调说话，就不难想见孩子的一头雾水了。诗的语调，贵在恰切和得体，因应不同语境和对象自动调校，这也正是诗的高贵所在。

语调之摆，在一个纯诗的时间里摆动犹如诗人的心跳，它还可以触及深邃微妙的区域和涉及重大的诗学原则。比如《镜中》的"皇帝"一词，在此语境中只是一个符号，完全脱离了本义，其背后蕴含着一种现代的民主意识，张枣的诗中出现的"纳粹先生""乌有先生"一类词语，都有这样的现代民主意识和后现代的游戏精神。"皇帝""南山""梅花"这些具有古典色彩的词语，在一个现代场景中实现了古典神韵的现代性构建，这也是张枣在致力打通传统和现代气脉这一向度上做出的努力。后期在《大地之歌》和《春秋来信》里的"鹤""锣""话梅儿""暮鼓"一类中国化的词语的运用上，传统和现代的融合，借助某种不无超验主义的想象，真正做到了浑然天成。

---

[1] 傅维，《美丽如一个智慧》，《亲爱的张枣》，江苏文艺出版社，2010年9月。
[2]《曼德尔施塔姆随笔集》，《词的本质》，黄灿然译，2010年。

比如《大地之歌》开篇，"逆着鹤的方向飞，当十几架美军隐形轰炸机／偷偷潜回赤道上的母舰，有人∥心如暮鼓"，一个由"鹤"和"隐形轰炸机"带来的高音，瞬间就被"母舰"（而不用"航空母舰"）一词调校到自洽的状态。此诗的对话对象是陈东东，自然确立了它的对话性语调，音高的变化只是在这一基本语调中，因应具体情境而变化。张枣在诗歌语言上融合传统精神气韵的努力，显然比卞之琳更加卓有成效，语调的自然和语境的统一为其重要表征。如以"语调之摆"加以"测试"，则显示出"摆"或者说诗的声音形成的自然语境，有着地心引力支撑的正常性和自然性特征。

一个诗人的写作脱离了人的基本语调，换句话说，其语调之调性不是建立在潜在对话的基础上，仿佛面对一片虚无言说，词语的运动就很有可能不是做单摆的扇形运动，而是做复摆运动或者如敬文东所说的词语的直线运动。

敬文东的批评语言的基本语调是反讽，没有半点声嘶力竭的批判，由此一端，可见他深谙诗歌现代性声学的基本范式。反讽或戏拟，是对话，尽管暗含批判，但远不是那种不容分说的强势和绝对权威的粗暴。他对"词语直线运动"的声音描述，显示了其对语言本质的深刻洞察。任何一种文明都由语言承载，文明的发展首先是语言的涓滴汇聚，而约定俗成或意识形态的语言，理应被诗人拒之门外，但是恰恰是高音区的许多语言范式充满了诱惑，就像一个巨大的漩涡，进入漩涡的人往往有一种畅游的快感，以致难以自拔。诗失去人的基本语调，失去身体性，对于诗人来说，其写作不过是意义的兜售和观念的贩卖，其所谓创作也只是做了番粉刷或装修的工作，结果是遮蔽了事物的真相，同时也遮蔽了自我。对于当代诗人来说，权力话语的衍生，在诗歌写作中表现为一种想象力的放纵，而不是克制。诗人作为一个语言国度的国王，如果失去对词语的敬畏之心和倾听词语的能力，其想象的放纵、强指和捆绑式命名，势必带来语言的暴力。语言的运动就不再是声音→形象（命名）→意味的内在单摆运动，而是词生词的直线运动。而语调作为诗的结构的重要元素，在某种意义上，它是先决性的，谦卑是一个倾听者应有的基本姿态，对话的语气、节奏，都必须与写作者作为一个有血有肉的人相吻合。张枣的语调里没有反讽，即便戏拟，也是亲切的，幽默的，因为他的写作从来不针对什么，不反对什么。对于先锋诗人来说，反讽的语调是第一位的。张枣同属"西蜀五君子"，他的写作独特而卓异，耐人寻味。

四、语调之单摆和复摆之辨

一个大雨天。狂风在三十一楼的高空发出怪戾的叫声，像幽灵扑动窗门，之后雨声哗哗，一片空茫，无边无际，整个城市，远处的麓山，都在雨中消失了。低处的湘江需要从记忆中去打捞。这个时候坐在客厅里，让我感觉安宁，感觉世界的心还在跳动着，就是墙上那只挂钟，它处变不惊，做着永恒的单摆运动。恒定的节奏，给人的茫然以安慰，甚至信念般的力量。它的声音轻微到几乎听不见，只能以心去感知。当你失去了敏感，昏昏欲睡或茫然无措，在某个正点当的一声，犹如山林寺庙的钟声响起，如梦初醒。

复摆运动是怎样超出了线性时间的范畴,科学家总结出来的公式当然无法和写作发生关联,当代诗的写作不乏做复摆运动的著名范例,它们言辞凿凿地拿出依据,你看,诗是非时间性的,量子力学做出了有力的证明,早在20世纪30年代前后卞之琳先生就发现了爱因斯坦的相对论和庄子的《齐物论》有若干相通之处,而时下开始流行的量子纠缠理论更是可以阐释古老的《易经》的同时性观念。可是卞先生即便在玄妙如《距离的组织》中,都没有脱离语言的观看,其观看有认识论的观看,也有生命的观看,语调的生涩盖因语言学和认识论多少发生了一些抵牾,但是当代诗人时常在幻觉中写作:不是坐在书房,而是飞在空中。读者不知道是一只什么鸟在发声,羽毛华丽,声音怪异,还有点蛊惑人心。正如敬文东教授指出的,欧阳江河从来没有尝试改变自己,与他同时代的鼎鼎有名的诗人杨炼亦然,《叙事诗》[1]没有叙事,只有修辞;《现实哀歌》没有现实,只有修辞遮蔽的现实,哀歌之哀,也是一个涂脂抹粉的职业哭灵人之哀。意义的添加无限增大了质块的重量,复摆运动的发声如同一个幽灵的声音,其共时性独没有此在的参与。当然杨炼也做出了改变,有了韩东《有关大雁塔》的面世,他的音高从大雁塔尖顶上空降下来了,压低音量而不是改变音质,从文化诗、神话诗转向"思想之诗",换了汤,重新熬制,药的汤色看上去也有些淡棕色了,但是语调泄露了天机。

以《尚义街六号》崛起于当代诗坛的第三代诗人于坚,在写作上不断地做出改变,或许他深知《尚义街六号》离开具体的历史语境,刨掉其中反讽的语调,那它就无非是一个现实主义的摹本。于坚的颠覆是革命性的:不单对整个当代诗歌场域的写作,也针对他自身。于坚发表于1994年《大家》创刊号的《零档案》,被贺奕称之为"九十年代的诗歌事故"。《零档案》发表以后,备受争议,有评论家称之为语言垃圾,诗歌届惊诧于它是如此难以接受。它颠覆了惯常的诗歌发生学和传统美学,也颠覆了诗歌接受学,唯美主义的迷恋者读之如进入异味杂陈的市场,神话主义写作者惊诧于它的"拒绝隐喻"至于如此决绝的地步。语调之摆,总是在这样的时刻显示巨大的灵敏度,振幅缩小,频率加大,震颤而几乎处于一种寂静状态——死一般的寂静,巨大的孤独。海德格尔说,诗歌有一个唯一的位置:孤寂。此诗语调不无反讽,因为极度克制,几乎进入一种默片状态——只有词语的移动,没有词语的声音。声音的取消正是源于现实生活的公共话语权力、意义或者意识形态和文化体制对生命感官的取消,这个语言学的演绎过程是惊心动魄的,这得力于诗人极大地抑制了想象,而把想象转变为一种向内凝视的力量——

他的听也开始了　他的看也开始了　他的动也开始了
大人把听见给他　大人把看见给他　大人把动作给他
妈妈用"母亲"　爸爸用"父亲"　外婆用"外祖母"
那黑暗的　那混沌的　那朦胧的　那血肉模糊的一团

---

[1]《杨炼诗集》,华夏出版社,2010年。

　　　　清晰起来　明白起来　懂得了　进入一个个方格　一页页稿纸
　　　　成为名词　虚词　音节　过去时　词组　被动语态
　　　　词缀　成为意思　意义　定义　本义　引义　歧义
　　　　成为疑问句　陈述句　并列复合句　语言修辞学　语义标记
　　　　词的寄生者　再也无法不听到词　不看到词　不碰到词

　　"他"的生命感官启动的功能，被一个约定俗成的世界一点点取消，直至成为"名词"——他没法为这个名词注入自己的血液，以自己的语言形象重新命名，很快失去感受和命名能力，变为"虚词""音节"——这音节也是从属于既定意义，成为过去时态、词组、被动语态，一个循序渐进的工具化过程，最后进入"方格""稿纸""词缀""词的寄生者"和各种句型、修辞学、语义标记，即是一个人的空心化的过程，从而彻底被意义世界禁锢——为了确保这种禁锢万无一失——

　　　　书写　誊抄　打印　编撰　一律使用钢笔　不褪色墨水
　　　　字迹清楚　涂改无效　严禁伪造　不得转让　由专人填写
　　　　每页300字　简体　阿拉伯数字大写　分类　鉴别　归档
　　　　类目和条目编上号　按时间顺序排列　按性质内容分为
　　　　A类B类C类　编好页码　最后装订之前　取下订书钉
　　　　曲别针　大头针等金属　用线装订　注意不要钉压卷内文字
　　　　由移交人和接收人签名　按编号找到他的那一间　那一排
　　　　那一类　那一层　那一行　那一格　那一空　放进去　锁好
　　　　关上柜子　钥匙　旋转360度　熄灯　关上第一道门
　　　　钥匙　旋转360度　关上第二道门　钥匙
　　　　旋转360度　关上第三道门　钥匙　旋转360度
　　　　关上钢铁防盗门　钥匙　旋转360度
　　　　拔出

　　于坚将这个意义世界涂满修辞黄油的句子拆解成一个个冰冷的词语，留下空格，每一个空格都是隐喻的生发地，每一个空格都有句子的行动，没有这个空格，有看不见的句子连绵不断浑然不觉的阉割行动。空格，让每一个词语（意义）隐藏的行动暴露了，修辞学的外衣褪下了，密集的、物质性的词语排列，直至垒成一座词语的集中营，那里关押的不是一个"他"，"他"只是一个人的代表，是我们每一个人。它使得我们每一个人的"起源"一开始就与"书写"无关，只与生理学的"阵痛"有关，与医院、药物等有关，和整个物质世界和意义世界有关，生命感官和感受能力，被一点点取消，人格和主体性意识被不断消解，被关押在"档案"里，直至成为"词的寄生者"甚至意义的标记或"音节"，成为这个巨大的集中营的高墙的另一块砖。
　　语调之摆的震颤，就发生在这些词语之间的空格处，此语调无以名状，近似寂静。

此语调被压缩成为一种情感的核反应堆。这种词语的排列，也许是诗人得益于某个历史场景无边无际的寂静队列触发的想象，是一种戏拟。由于这个寂静的基调，反讽也被限制了，只是偶尔发声，比如"籍贯　有一个美丽的地方/年龄　三十功名尘与土/家庭出身　老子英雄儿好汉　老子反动儿混蛋/职业　天生我才必有用　工资　小菜一碟　何足挂齿/文化程度　少壮不努力　老大徒伤悲"，其反讽的锋芒所及，几乎无所不至——因为竭力缩减和社会学的关联而更加得到现实呼应，因为剔除一切修辞而让修辞学感到蒙羞，因为聚焦于生理学而得到心理学的反省……教育学、伦理学和人类学，无不被一阵有些刺骨的风掠过。当然它顺理成章地也揭示了语言学的奥秘，尽管这一切是反向的，不是关乎命名，而是关乎遮蔽和取消。文明的延续总是伴随着对既定意义世界的反叛，没有人格的独立和主体性意识的清醒，就难以具备命名能力，只会成为旧文化体制的臣工，而难以成为文明的大河一个最新的泉源。

　　以语调之摆的寂静震颤去探测，当代诗歌的另一个重要文本是杨键的《哭庙》。如果说于坚是从语言本体论的视野呈现了人和语言世界的关系，那么杨键则从古典主义的维度重启汉语的听觉，他们的一致性特点是致力于一种语言的观看和倾听，《零档案》重在观看——不是观看一种元语言的生成，而是观看语言既成体制和话语权力对元语言萌芽的掐灭，而《哭庙》则保持着俯身大地倾听的姿态，同样将情绪抑制于零度状态，从而给予每一个亡灵开口说话的机会，诗人深知，稍有动静，就会打扰甚至惊跑那些本就余悸在心的亡灵。语言本体言说的力量，只要随手撷取两节，就会有真切的感受——

　　　　我被剥光了跪在这里，
　　　　嘴巴里呼吸着微弱的暮色。
　　　　儿子在台下义愤填膺，
　　　　混入革命的狂潮。

　　　　我想逃，
　　　　逃进一缕烟。
　　　　在那巨变的人心里，
　　　　有灵魂的怒容。

　　　　如天井里的一线光。
　　　　如门背后的一袋米，
　　　　我已经不在了，
　　　　在我的不在里有了越来越近的桃花香。

　　　　我的暮色味，

我的泥土味,
我已经不在了,
在我的不在里有了越来越近的梅花香。

——《地主王乐德之墓》

不论诗人是以庄子齐物归一之法反其道用之,还是艾略特式的自我客观化,寂静中亡灵开口说话了,语调平静,没有怨言,作为一个旧时代的牺牲品,其信念所在无非是越来越近的"桃花香"或"梅花香"。我们不能以此就指责杨键是一个文化保守主义者,只要看一眼他哀悼的表情,批评的嘴巴就会自动闭上。杨键作为一个诗人,在这里并没有伦理批判的姿态,有的是哀悼人的躬身倾听。他关闭了诗学本体言说的开关,伸长了天线,以其孤勇和悲悯,去倾听被埋葬的亡灵的言语,在某种意义上即是倾听一种元语言的存在——让它的声音在历史庞大的意义丛林中发出,昭示一种语言的真实,而不是就此陷入历史的缄默。"二先生的根太深了,/我们要把它挖出来,/免得它继续深入。//二先生的河流太长了,/为了截断它的流动,/我们得把他的子孙废掉。//我们要同他算总账,/不算就罢了,/要算就算总账。//一只虱子在汽笛里叫//二先生/二先生//二先生的墓只是一根拴羊的树桩子。"这是诗的声音之另一种,其穿透力直达人性的沉黑处。这种反躬自省的声音,增加了诗的声音的浑厚,仿佛由一个良知的音叉绵绵发出。

五、语调之摆的节奏

日常是艺术的伟大源泉。这个常识落实在语调之摆上,就是通常悬挂在我们客厅里的挂钟的单摆运动,它的节奏,就像心跳,节奏、音量和音调变化,关乎着我们的普通人生最广泛的现实。中国第一个牢牢将诗的焦点聚焦于日常的大诗人是陶渊明,日常之道,是存在之道,在最高的意义上,可以上升到宗教的地位。不是每一个诗人都能抵达语调之摆的寂静震颤,单摆节奏的柔和均匀,毕竟是常态。"结庐在人境,而无车马喧。问君何能尔?心远地自偏。采菊东篱下,悠然见南山。山气日夕佳,飞鸟相与还。此中有真意,欲辨已忘言。"这种谈话或日常的语调,真正润泽心灵。

在当代诗人中,韩东是一个日常的坚守者,他的诗几乎从来没有做过复摆运动,在时间的维度上,语调之摆也无非在记忆和当下两端来回。早年的《有关大雁塔》和《你见过大海》那种反讽和先锋姿态早已收敛,就是1990年代如《甲乙》那样的零度写作实验,他也不再为之,他走向了日常的宽阔。其日常之诗简洁,朴素,语调平和亲切,节奏舒缓轻柔,即便大悲大痛,也泰然处之,俨然有了陶公之超然:"亲戚或余悲,他人亦已歌。死去何所道,托体同山阿。"一个诗人年近花甲,更加倾向内心,就是有不平事,也深明"有理不在声高"的奥义,且对既成意义,有了更为日常的体悟,即所谓"言多是碗水",直接,准确,透彻,这是真正的语言之道。

如果你走进墓地,
就知道那儿比市场开阔。
如果你看见石头的座椅,
就知道人间曾上演繁华大剧。

如果你为坟包的起伏而晕浪,
就知道生的海洋和死的无垠。
如果你悲伤,就捏住一棵小草哭泣吧,
这是值得的,也是允许的。

如果你思念母亲,那就思念所有的死者,
思念死者,就停止追踪活着的人。
如果你牙疼就吃止疼片,
心疼就把心抛弃。

如果你疲乏了,那就走得更远些吧,
孤单了,就当自己从未出生。
如果你饥了渴了,就伸出一双叶子样的手,
阳光的灼热和雨水的冰凉会印在上面。

——韩东《墓园行》

  墓园是人生的最好课堂,诗人于此有所悟,当然不愿当一个说教者。这说的是"你",在韩东这里,"你"也是另一个"我",自我客观化之道,他当然早已了然于心。这个时候的韩东,当然不会像年轻一代的乌青那样去消解或反讽,以谐虐、戏拟、反讽做出某种无意义的极端姿态,比如"天上的白云真白啊/真的,很白很白/非常白/非常非常白十分白/特别白特白/极其白/贼白/简直白死了",乌青不明白,这种由韩东开创的、《他们》和非非诗人一再演绎的同义反复之道,这种解构主义,已然完成历史使命。韩东的语调之摆已经进入汉语正大、温润和圆熟的场域,就此诗而言,其语调亲切和蔼,平静睿智,如入夜细雨润泽心田,全无张扬和说教之态,其背后是对人生世事的洞明和超然。

  一个诗人奔向高空的表演或远古的虚幻,其语调之摆必然做无谓的复摆运动,其诗制造的声音无异于华丽的垃圾,且具有蛊惑人心的作用,毕竟没有语言经验的年轻一代,很容易被他们的"大名"带偏。真正的诗是大地生长的,大地是存在的根基。韩东作为先锋派的领袖,如一面旗帜,现在收缩了,其猎猎之姿化成一种内在的舒展,他当然不会迷信什么反讽是当代艺术的基本语调,而是将其写作致力于以语言去留驻一个真实的此在。友情,亲情,哀挽之情,怜惜之情,成为他的写作的主要向度。他怀念母亲、父亲和一些友人的诗,真挚感人,且不无终极慰藉。作为一个成熟的诗人,现代文明背景下广阔丰富的生活现场,自然也会纳入他的语言视野。《黄河夜奔》显示了他高超的语言技艺,这是我们熟悉的日常景观,却是语言经验里从未有过的,"黄河边的烟火和水上的河灯 / 不值得一写。当时 / 他们正行驶在高速公路上 / 他坐副驾,安全带的插口被封死 / 感觉就像裸身奔驰。/ 巨大的货柜车在他那一侧 / 晃动着,他们超越过去。/ 这追逐、避让的游戏没完没了。/ 如果这时有一只大鸟于空中俯瞰 / 在滚滚向前的车阵中将看不见他们的小车。/ 只有更快速地移动,使其显现 / 鸟眼如果不被车灯刺瞎便可有效地追踪。/ 那也是上帝之眼,看见 / 就意味着生命,意味活着。/ 他抓着把手的手暗暗出汗。/ 驶入了灯光明亮的隧道就像进入天堂 / 驶出,又到了地狱深渊的边缘。/ 光带勾勒,星火点缀 / 在对面黑暗的群山上。/ 但他看不见这样的美 / 脑海里也无河灯,只有 / 一幅淫秽不已的画面现前,并跳荡。/ 这是某种不祥的预兆,将要终结之际 / 他想到的比爱更深或者更浅。/ 如果有可能回到酒店的宁静和整洁中 / 他计划梳理归纳一番。/ 更无烟火,赞贺他心急如焚的轻率。"(《黄河夜奔》)这远不是一看见黄河就联想中华民族母亲河那样的书写,而是将黄河置入一种语言场景而无任何意义附载,相反,语言的观看所呈现的,是一幅现代社会的浮世绘。诗人分身于第一现场和空中大鸟,从现实和超现实两个维度观看,现实世界的现象,就跃身于语言层面,而成纷纭的语言能指形式。诗的语调显然饱含焦灼、担忧,透露出深沉的人文关怀。

韩东居南京,张执浩生活在武汉,都是大江南意义上的地域,而江南的中心如上海浙江一带,那里的诗人似乎缺少这种清澈、切己的日常风格,要么语调健硕却不无芜杂,要么嗓音阴柔且有几分矫作。张执浩同样是一个执着于日常的诗人,语言文明最新的、没有锈迹的、闪闪发亮的一环,总能在他的诗中发现一缕折光。语调之摆在张执浩这里,节奏从容、柔和,口吻亲切、平易,即便偶尔当的一声,也是轻声的,不至于令人不经意中吃惊,而是悠悠抬头回望一眼。《如何把紧攥的拳头掰开》是诗人的近作,保持了一贯的平易素朴的风格,也许相当于语言中的日常场景频繁敞开,此诗有所不同,并包含着某种人生智慧。"人生中第一次使出 / 吃奶的力气 / 应该是在那天下午 / 我面对一只紧攥的拳头 / 试图将它掰开 / 我用双手拽住了 / 那个人的大拇指 / 我以为掰倒了它 / 他就会松手 / 可我用尽了力气 / 也只能挂在那根指头上 / 他的拳头依然紧攥着 / 我又去吃奶补充力气 / 我又去寻找另外一只紧攥的拳头 / 直到有一天我也有了 / 一只紧攥的拳头 / 我时常紧握着它 / 重温我在母亲怀抱里的动作 / 我曾经那样用力活过 / 紧攥的拳头里 / 究竟包含了什么",拿起难,放开更难,取舍之道,当然关乎人生。此诗语调极为平和,妙在后半部分的节奏加速,立刻从一个日常场景跃入人生空间,结尾的追问,即是表明了诗人的态度。历经人生种种"紧攥"的荒谬,方有此略带责备的语调,不单对人,也不排除自己。由此可见,其诗正是合乎罗伯特·弗罗斯特之谓"诗始于愉悦,终于智慧"的妙谈。

庚子年大疫，武汉是灾情中心。疫情之后，作为见证和亲历这一切的诗人，又有怎样一番语言作为呢？"去东湖拍荷花的人回来/告诉我,荷花都谢了但荷叶/依然碧翠。他给我看/照片里的鸟：一只白鹤/蹲在荷叶上，正将颈项回收/两只鸳鸯背对着背在凫水/乌云从磨山那边压过来/江鸥飞出云层像几封信笺/被梧桐树寄出去了/又被水杉树退回来/一对恋爱中的男女骑着共享单车/驶出绿道，岔腿撑车/站在桥拱上，他们的倒影/在相互擦拭额头上的汗珠/某种迫不及待的事物就要来了/这是初秋的一个下午/我要向你转述疫后的生活/天知道这些熟悉的事物/都曾经历过什么"（《转述》）。也许大疫之后心灵经受了洗礼，更能发现日常生活的美，惜重于当下。一个"信笺"的意象使梧桐、水杉有了交流，抹汗的情侣就更不用说了，共享单车既作为实在，也作为一个崭新的语言符号进入语言传统。目击道存，以此可证。此诗语调洋溢着欢喜、愉悦，其蕴含的美，犹如大疫之后天空的湛蓝。杨键说汉语失去欢乐已久，我们不难发现张执浩的写作中充满汉语的欢乐——不是古典主义的翻版，而是现代主义的建构。

日常语调一般来说会更真实地塑造一个人的形象，并使抒情主体保持着清醒、真诚，把语言的行动引向一个自我的发现过程。一个人，一个民族，不论在什么时代，如果连自我都迷失在时代的喧嚣中，就很难谈什么文化身份确认，更遑论什么伟大的创新。当代诗的艺术变革的起点，是关于人的概念。韩东说："只有作为人的真实的东西才是我们追求的对象……人在艺术中具有无可比的意义。作为人的真实是永恒的。"[1] 这个观念和曼德尔施塔姆是一致的，相比北岛的"我想做一个人"，显然更深入一层，或者说北岛关于人的概念，和俄罗斯白银时代文学的公民概念有着一致性，强调的是人的基本权利。韩东谈到的人是出离了社会属性的。当代诗歌由此开启的文学个人化进程，取得了令人瞩目的成就，当然也给写作带来了一些极端化的、不良的东西，但这和这一观念本身无关，而是难以避免的一种矫枉过正出现的极端姿态。西渡声称臧棣提出的，以"生命意识"，或者荣格曾称之为"集体无意识"作为诗歌依赖的本质性东西，是理论上的纠正方案[2]，这个观点是很值得商榷的。生命意识或集体无意识，看上去是一种沉淀的纯粹结晶物，但它却是一种化合物，化合了以往文明的观念，意义的转化物沉淀其中，遮蔽了自我而浑然不觉。这样的例证历史上出现很多，从奥斯威辛到古拉格群岛，从红色高棉到卢旺达大屠杀，无不是一种集体无意识爆发的结果，一种集体无意识的"革命狂欢"。古斯塔夫·勒庞[3]的《乌合之众》，深刻地预示了后来20世纪发生的一切。

---

[1] 韩东，《关于诗的两段信》，载《青年诗人谈诗》，北大五四文学社，1985年。
[2] 西渡，《时代的弃婴和缪斯的宠儿》，《群峰之上》，387页。
[3] 法国19世纪社会心理学家，其《乌合之众》细致描述了群体心理的一般特征，分析了人们在群聚状态下的心理、道德、行为特征，解释了为何群体往往呈现出"盲目""冲动""狂热""轻信"的特点，而统治者又是如何利用群体的这些特点建立和巩固自身统治的。

六、结语

以语调之摆谈论诗的语调，不是寻求科学和诗学的内在联系，而是期望在谈论时有一个可以依凭的言说之物。单摆象征日常性和时间，是相对复摆而言。复摆的质块加大以至于做复摆运动，在以上阐述中是建立在单摆的象征上，即是说，单摆的质块相当于"我"或抒情主体，那么复摆的质块加大意味着在"我"或"抒情我"之中添加了意义、观念甚至集体无意识，从而引发的语调的复摆运动，也颠覆了单摆运动的日常形式，进入一种非时间的空间。

由于复摆运动的特性，它似乎也可作为整体性写作的合适象征，与之对应，单摆即象征个人性写作。当代文学的个人化进程不是整体性写作遭到质疑，而是表明了它的难度，不是放纵个人的文化或历史想象，即可抵达真正的写作，而是要求作者具备真正的整体性视野——历史的，现实的，尤以后者为甚。卡夫卡的写作是复摆运动的伟大典范，它的非时间性即是超越性，通过一种寓言性抵达。当代诗人的写作中也有类似的特例，比如陈先发的《鱼篓令》《残简》等，杨键的《哭庙》是一个古典——现代主义的个案。但是个人性写作显然成为20世纪后期和21世纪的主流，基于后现代主义去中心化的潮流，个人性写作或文学的个人化，表现为诗歌写作回到生命感官、语言本体，真正启动诗的命名功能，而不是不断地以个人化历史想象力付诸的重命名。

以语调之摆的震颤讨论《零档案》和《哭庙》，多少有些悖谬。因为将它们归集在单摆的"象征序列"，显然不成立，它们本质性上是整体性的写作，但是它们的极端个人化的表达方式，由于对情绪和意义的抑制，而使得一种整体性写作规避了进入复摆的"象征序列"，进入一种普遍日常和非个人化的写作，其实语调之摆测出的，是一个非常有趣的诗歌现代性实现的秘密语言路径。

将语调之摆的单摆运动来回之两端，替换为记忆与当下，或传统与现代，语调自然与否，似乎能够测出其轨迹形成语境的统一性，并以此作为一个"质量标准"，显然有趣，但断不可作为一个真正的诗歌标准的验证装置。事实上，不论现代科学如何发展，很难发明一种能够界定诗歌标准的装置，这正是人的情感的复杂性决定的，也是文学个人化的独特价值所在。

总之，以语调之摆谈论诗歌写作，只是为了方便谈论一如诗之需要言之有物，仅此而已。

2020.11.4

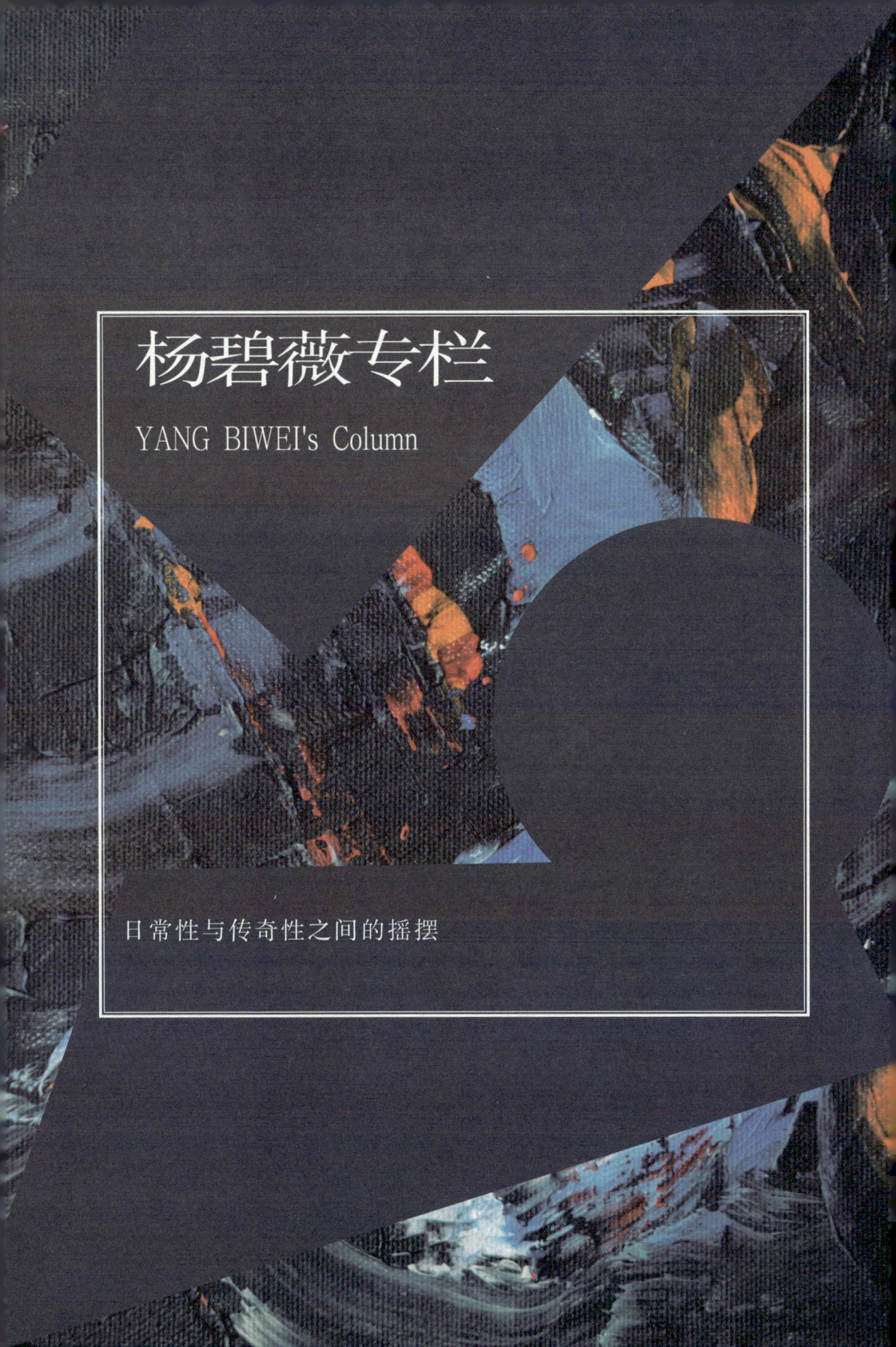

杨碧薇专栏

YANG BIWEI's Column

日常性与传奇性之间的摇摆

日常性与传奇性之间的摇摆
——再谈华语电影中的诗人形象

杨碧薇

中国是诗的国度。自古以来,诗人的作品、生活,尤其是通过诗歌建构起来的精神和品格,都对社会发生着深远的影响。华语电影诞生后,也迅捷地捕捉着诗人的形象。自 1926 年的《三笑姻缘》(又名《唐伯虎点秋香》)始,诗人形象便在银幕上占据了独特的一角。在有关诗人的华语电影中,最常见的两种形象莫过于正面和负面。在正面形象中,诗人是诗意的立法者,是心忧天下的知识分子,肩负着崇高的价值;在负面形象中,诗人跌下了神坛,无能落魄,甚至钻营作恶,折射出价值秩序的高度失焦[1]。这两类形象无疑很具有典型性,但是,单靠两种解读,单靠非此即彼的二元论思维,是很难去还原或把握深度的真实的。电影的复杂性是一个综合的整体,包含了叙事、情感、思想、技术、美学、市场等方方面面。而人物作为电影在视听层面上最直观的主体,也常常反映出多元价值的"中间地带",有着丰富的解读缝隙和意义空间。

其实,在正面和负面两种形象之外,华语电影中至少还有两类较显明的诗人形象。一种是中立的、日常的,这种形象的建立,以纪实美学为依托,其大背景是 20 世纪 90 年代以来文化领域日渐蓬勃的审美日常化;另一种形象则是传奇的、消费的,注重人物形象的戏剧性,突出人物行为及经历的不合常理性,其大背景是全球消费主义。这两种形象用另外的话语机制对正负形象进行了生动的补充,在电影内部阐释出新的意义,架搭起新的审美空间,展示出电影与时代的密切勾连。而电影美学的变化,电影对当代文化的态度、对社会心理的呈现,电影与市场关系的调适,在这两种形象中也都有所反映。

一、诗人的中立形象:纪实美学下的普通人

2003 年的影片《周渔的火车》里,出现了一位既非圣贤也非小人的诗人:陈清。

---

[1] 参阅杨碧薇,《华语电影中的两种诗人形象》,《汉诗》,2019 年第 3 期。

与以往的大多数电影不同[1],《周渔的火车》对陈清的评价基本是中立的。陈清在一个小地方的图书馆工作,业余时间写了不少诗,苦于没有出版的渠道。为了让陈清梦想成真,女友周渔替他出过不少力。影片坦诚地揭示了陈清身上的一些弱点,如他对待爱情的态度比较游移,不够坚定,一再让周渔失望。但总的来说,陈清在性格上并没有让人痛恨的大毛病。他和普通人一样,优点缺点并行。只要不谈到诗歌,那在外人眼中,他也没什么特别之处。

《周渔的火车》总算把诗人放到了寻常的位置上,2016年的《路边野餐》也沿用了这一立场。《路边野餐》在塑造诗人形象时,走的是纪实美学的路子。男主人公陈升生活在贵州凯里的一个小镇上,正式职业是诊所的医生,平时也写点诗,著有诗集《路边野餐》。其实,陈升曾经是个浪子,还坐过牢。至于入狱的原因,说起来也情有可原:他为了给老婆治病,找黑社会大哥花和尚借过钱,花和尚慷慨相助;后花和尚儿子遇难,他遂出手搭救,不想酿成了事故。关于陈升的这段经历,影片用的是讲述的方式。这种间接的交待方式,将陈升的过去置于若有若无的背景中,两相对比,影片对陈升当下生活的展现,就能更集中、抓人。当陈升出现在镜头里时,是一个再普通不过的人;在他身上发生的,也都是些日常的琐碎事,如他对侄子卫卫的喜爱和照顾,他替同事捎带信物给病重的旧情人,他去理发店洗头等,再没有惊心动魄和轰轰烈烈。与《周渔的火车》相比,《路边野餐》的叙事无疑有着更强的纪实性。

这一纪实性也落实到了电影本体的层面。巴赞(A.Bazin)认为,电影是摄影技术的延伸,故其本质属性应为照相性(照相便意味着对现实的复制,即纪实)。因此,他反对蒙太奇"仅从各画面的联系中创造出画面本身并未含有的意义"[2],转而倾心于长镜头与景深镜头。在中国,巴赞的纪实美学观念影响了《沙鸥》《青春祭》《城南旧事》以及贾樟柯的《小武》《站台》《三峡好人》等影片。作为新力量导演的毕赣,在《路边野餐》中营造出的纪实美学风格,也与前代电影人的作品构成了传承、对话关系。对长镜头的运用是最明显的例子:《路边野餐》中出现了一个长达42分钟的长镜头,在这个长镜头里,"电影画面的运动在延续时间中获得叙事性功能……从而多方面展示人物命运和个性"[3]。观众看到陈升骑着摩托车穿行于乡村公路。后来,他来到一个叫荡麦的小镇。在陌生的小镇上,现实与回忆轮番交织;素人演员、专业演员与村民群演几相交错;方言的语境和《小茉莉》的歌声,都帮助电影创造出全新的时空。

---

[1] 在以往的电影中,对诗人进行正面评价的有《海角诗人》(1927)、《屈原》(1975)、《春雨潇潇》(1979)、《巴山夜雨》(1980)、《辛弃疾铁血传奇》(1993)等;对诗人展开负面评价的有《忆江南》(1947)、《顽主》(1989)、《混在北京》(1995)、《敏感事件》(2011)等。详情参阅杨碧薇,《华语电影中的两种诗人形象》,《汉诗》,2019年第3期。
[2] 安德烈·巴赞,《电影是什么》,崔君衍译,北京:中国电影出版社,1987年,第66页。
[3] 张华编,《电影表演理论研究文集·基础论篇》,北京:北京十月文艺出版社,2018年,第128页。

这个全新的时空真实得仿佛近在眼前，不费吹灰之力便拉近了主人公与观众的距离：观众完全沉浸于剧情中，甚至意识不到这是个超出常规的长镜头；同时，当观众在观看演员的表演时，也会因为太贴近现实，从而忘记陈升是个诗人，只觉他不过是身边的普通人。

与正面、负面形象不同，在诗人的中立形象背后，思想支点是启蒙主义。进入现代社会后，人的自我意识逐渐从"群"这一集体概念中脱壳而出。在中国，自五四以来，发现自我、个体解放更是重要的现代性命题。新诗就是在这一启蒙逻辑下应运而生的。启蒙要求诗人尤其是新诗诗人输出自己的个体性，但在一定的历史条件下，极度的个人主义与外在现实又是格格不入的。《忆江南》里的黎稚云，就是一位小资产阶级诗人，太过注重"自我"而不顾"大局"，从而成了被左翼思潮批判的对象。而《顽主》《混在北京》对诗人身份的质疑，也内含着"个人／集体"的冲突：在20世纪80年代、90年代，中国人从长期的规训中解放出来，急切于个体的倾诉与释放。在新兴的市场经济大潮中，个体的诉求被放大，与集体产生对撞；在失衡的价值秩序中，一些自私自利的价值观重新抬头，将损人利己作为信条来积极践行。诗人群体也必然受到大环境的冲击，在某种程度上，在诗人身上反复强化的启蒙个体性，被简单地视为时代个体性的等价物，从而受到批判；诗人成为某些自私自利群体的替罪羊。

所幸，经过了1990年代吵吵嚷嚷的洗礼后，在新世纪更加多元化的话语环境下，整个社会对个人主义的评价日渐客观。《路边野餐》里的陈升也应运而生，这是一个纪实美学视野下的诗人形象，普通而真实。在影片中，42分钟的长镜头对诗人的主体性展开了持续、深入的挖掘。当陈升和着小乐队的伴奏，轻轻摇动身体，为酷似前妻的陌生女子唱起《小茉莉》时，"形体动作的表现在时间的流逝与空间的构图以及人物关系的确立与变化中……人物形象更富立体感，增强了人物刻画中的诗情和意蕴"[1]，"这种具有生命真实感的人的身体形式，是一种永久性的美的光芒"[2]。和日常生活中的大多数际遇一样，陈升唱完这首歌便离开了，他与陌生女子的故事戛然而止，影片并没有对这次邂逅进行失真的处理。看完《路边野餐》，我们惊觉：原来陈升就是一位"身边的诗人"；诗人这一身份并未赋予他戏剧性的光环，而是内在地强化了他的个体性：即使居住在一个边远的小镇，过着普通的生活，他仍然葆有一份难得的性情、一个纯粹的精神空间。

如果说陈升毕竟只是一个虚构的诗人，那么近年的两部纪录片《我的诗篇》(2015)、《摇摇晃晃的人间》(2016)，就把现实生活中的诗人直接推到了镜头前。《我的诗篇》讲述了工人诗人的故事。出现在镜头中的乌鸟鸟、邬霞、陈年喜、老井、许立志，在

---

[1] 张华主编，《电影表演理论研究文集》，北京：北京十月文艺出版社，2018年，第136页。

[2] 王德胜，《形体美的发现》，南宁：广西人民出版社，1993年，第46页。

现实生活中都是真正的工人,有的是矿工,有的是爆破工,有的是沿海地区的工厂车间工。这些工人在业余时间都写诗,写得还不错。导演秦晓宇是诗人出身,也是一位出色的诗评家,曾对工人诗歌做过详细的研究。他对工人诗人这一群体的了解,对其作品的解读和体认,都是得天独厚的条件。因此,他能以更独特的观照、更深刻的视角来把控这部纪录电影。整部影片隐含的价值判断有肯定和积极的一面:无论工人们生存状况如何,都没有放弃对诗歌的向往,这正是对真善美的向往。然而,在表现手法上,影片对工人诗人存在状况的呈现又是中立克制的,越是冷静,就越具有力量。另一部《摇摇晃晃的人间》记录了女诗人余秀华的一段经历。余秀华出生于湖北农村,自幼脑瘫。因身体残疾,她只能在村里经营一个小卖部。家里买了电脑后,她通过网络接触到诗歌,在阅读的同时也开始写诗。2015年,她的一组诗在网上大面积传播,引发了一阵"余秀华热"。踩着成名的步伐到来的,是余秀华的离婚事件。她与倒插门的丈夫本就没有共同语言,据其诗歌反映,她遭受过丈夫的家暴。经过无数次争吵后,余秀华用钱解决了离婚的麻烦事,获得了自由身。对于余秀华的所作所为,这部记录电影无意褒贬,只是客观地展现了一个诗歌之外的余秀华,这个余秀华生活在柴米油盐中,与他人一样有着俗世的烦恼。

塔可夫斯基(Andrei Tarkovsky)说过,"当我谈论诗的时候,我并不把它视为一种类型,诗是一种对世界的了解,一种叙述现实的特殊方式","至今电影仍甚少运用诗的逻辑是多么大的错误,它有许多资源尚待开发,它蕴含一股内在的力量,这股力量凝聚于影像中,以感性的形式向观众呈现,引发出张力,直接回应了作者的叙事逻辑"[1]。诗人对电影工业的介入,在一定程度上丰富了华语电影的面貌,开拓了华语电影的精神空间,为华语电影带来了一些新的变化。近年来,由诗人参与拍摄(担任导演、编剧或亲自出演)的华语电影还有《好多大米》《坏诗人》《诗人出差了》《在码头》等。诗人、电影批评家赵俊指出,这些电影大多都是记录性质的,而非虚构性质的。记录性的好处在于:影片能更客观、真实地展示诗人形象,从而展现时代面貌、揭示时代精神。从这个角度来说,这些诗人电影也是纪实美学的有力脚注。赵俊同时也意识到,"而说到'形象',是需要经过加工和演绎的。这意味着电影界对于诗人形象的'剪辑'"[2]。在银幕上,诗人形象不只是要原生态地呈现,还需要有序的加工和演绎。在这一方面,诗人电影还将有极大的发展空间。

二、诗人的消费形象:摆脱不掉的"传奇"

与纪实性的、客观中立的诗人形象形成有趣对照的是:几乎在同一时期,电影对

---

[1] 安德烈·塔科夫斯基,《雕刻时光》,陈丽贵、李泳泉译,北京:人民文学出版社,2003年,第16页。
[2] 赵俊,《漫谈电影中的诗人形象》,《江南》,2018年第3期。

诗人,尤其是对诗人传奇经历的消费也从未止步。这就涉及电影的多重性:电影是技术,也是艺术,还是消费社会不可或缺的商品。正如波德里亚(Jean Baudrillard)所说,"今天,在我们的周围,存在着一种由不断增长的物质服务和物质财富所构成的惊人的消费和丰富现象,它构成了人类自然环境中的一种根本变化"[1],电影,正是被大众凝视和消费的"物"之一种。电影中的诗人形象,亦是电影消费里的一类能指。

1998年的影片《顾城别恋》,就是一次最典型的诗人形象消费。顾城的经历确实很传奇:童年时期,他随父亲下放到农村;青年时期,他在街道工厂做过工人;后来写诗成名了,他移民到新西兰,又把自己放逐到偏远的激流岛,过起与世隔绝的生活。如果说以上经历已然不寻常了,那么,电影更是抓住了种种不同里的重中之重,以顾城的爱情故事为主要线索,着力去渲染他和两个女人的感情纠缠。看得出来,为了吸引观众眼球,影片是下了大力气的,不仅邀请了冯德伦等知名演员出演,还刻意设置了大量裸露镜头。但最终效果并不理想:在媚俗的驱使下,影片过于讨好大众的猎奇心理和幼稚想象,却没有对这出活生生的人性悲剧进行严肃思考。呆板的空镜头、破碎的叙事、反复的裸戏,都是影片的硬伤。显性的硬伤遮蔽不了的,是内在的空虚:影片对诗人的认识远远不够;当其挖空心思地陈列诗人的传奇经历时,暴露出的短板正是思想上的深度缺失——既对时代之创痛与迷惘缺乏深刻的理解,也对电影本身缺乏必要的认识。

萧红是新世纪以后被电影着力消费的一位女诗人。她早年写诗,后转向小说创作,《呼兰河传》是其小说创作的巅峰,被誉为"诗化小说"。和顾城一样,萧红的被消费,也与传奇的爱情经历分不开。早在十九岁时,接受了启蒙新思想洗礼的她,便因不满包办婚姻,勇敢地抗婚出逃,在哈尔滨流浪。因交不起房租,她差点被房东卖到妓院去。无奈之下,她把自己的诗寄给哈尔滨的一家进步报纸,寻求帮助。时任报社编辑的萧军读到了她的诗,毅然决定英雄救美,两人由此展开了一段轰轰烈烈的恋情。影片《萧红》(2013)正是以萧红的爱情故事为纲,打出了"每一个男人都会爱上她"的广告语。如果说,这种宣传虽然不符合事实,但尚在可接受的范围内,那么,预告片中"三人同床"的画面就实为不妥了。这既是对萧红及其几任爱人的歪曲,也是在赤裸裸地诱导大众进行不实想象,其背后的指导正是消费逻辑。故而研究者指出,"电影《萧红》的故事展开很大程度上就倚赖对萧红复杂的情感关系的呈现乃至刻意的传奇化,电影中她的爱情悲剧完全盖过了她的文学成就"[2]。从本质上来说,这部影片对诗人的塑造仍是肤浅的,并未脱离《顾城别恋》的窠臼。随后一年上映的《黄金时代》(2014)同样以萧红为主角,却与《萧红》走的是不同的路子。这部传记电影倒是不刻意去放大传奇,而是立足于史实,发挥话语的力量,以多人讲述的形式,烘托出一个多角度的、

---

[1] 让·波德里亚,《消费社会》,刘成富、全志钢译,南京:南京大学出版社,2001年,第1—2页。

[2] 蔡俏凌,《新时期华语传记电影中的女艺术家形象》,暨南大学硕士学位论文,2018年。

立体的萧红形象。影片的讲述是有疏离感的，即便是萧红自述的镜头，演员的表情也极为克制。同时，尽管有一个纪实性的基本架构，影片仍然担心感染力不够，故而在叙事上做足文章。例如，在战乱中，萧红需独自逃难去武汉，彼时她已身怀六甲。在讲到这一段时，影片放慢了叙事节奏，着力去表现萧红在乘船途中的艰难。这种对传奇的无意识/惯性倚赖或所谓"传奇的焦虑"，仍然渗透在许多细节里。最终，影片在纪实与传奇之间并未取得良好的平衡，颇有些"两头扑空"。一方面，纪实的可信度被间或的传奇所稀释，不熟悉萧红和现代文学史的人，并不能从这种叙述中得到瓷实的印象；导演还想在纪实中渗透对萧红作品的理解，无奈心有余而力不足，这种关于文学的阐释，呈现在电影中实则很苍白。另一方面，传奇本有的优势也被纪实给遮蔽了，没有发挥出应有的效果。萧红的经历，放在民国时期或今天来看，都何等不一般！但影片想兼顾的太多，故对其传奇经历的呈现不够精彩；即使在最基本的叙事层面，也很难抓住普通观众。最终，在诸多大牌演员的加盟下，影片的票房收益也仅为5148万，十分惨淡。《黄金时代》的教训是：它确实想严肃地再现诗人的生存境况，借此对当下文化提出自己的看法，但它对历史与纪实、传奇与消费的调适并不到位，影片的"文化精神显然难以解决人们的消费欲求，因此面临着被放逐、被遗弃的严重威胁"[1]。

从《萧红》和《黄金时代》中可看出：在大众传媒的语境下，诗人是被凝视/消费的客体，女诗人更是被凝视/消费的物。电影作为一种文化商品，早已被卷入消费主义的大潮里。而电影的性质又决定了它有着比文学、绘画等更大的关注度，这既是它的机遇，也是它的挑战。在对女诗人的电影消费中，女诗人自身的精神属性让位于性别属性，性别成为第一位的商业噱头。"我们始终很难见到一部真正的女性诗人的电影。在电影这个领域，充满了男权的色彩，人们总是以男性的视角去思考诗人和女性的关系，到头来诗人总是成为被消费的对象。"[2]在华语电影中，迄今为止，女性诗人形象依然难以激起大众深层的精神共鸣，她们的灵魂追寻、精神世界、文学成就也都被严重忽略。对女诗人形象的建构，本质上仍是一种男权的叙述，包含着男性对女性的身体凝视。从性别权力的角度来看，《黄金时代》或许想进行一些新的尝试，但在女性主义与市场供求之间，尚且未找到平衡的支点。而这种平衡，本质上正是（精英）思想与（大众）消费的平衡。

即将上映的《诗人》，也是一次对诗人形象的全面消费。这部影片讲述了矿工李五与妻子陈蕙的故事。在那个理想主义尚未磨灭的年代，李五想做一名诗人，陈蕙深爱李五，自然十分支持他。后来两人产生了裂痕，李五成为大诗人，陈蕙却离开了他。李五死后，陈蕙活在痛苦的记忆里。据报道称，这部影片"讲述特定年代的向往和梦

---

[1] 陈阳，《文化精神与电影诗意》，北京：中国戏剧出版社，2015年，第1页。
[2] 赵俊，《漫谈电影中的诗人形象》，《江南》，2018年第3期。

想的破灭"[1]。对其传奇性，笔者持审慎态度。

如果说《周渔的火车》《路边野餐》等注重的是纪实性，其诞生和延续都有一条清晰的美学线索，那么，《顾城别恋》《萧红》等影片，则更加注重传奇性。单就这一点来说，后者并未从戏剧性的阴影中脱离出来，其诞生以消费为旨归，其延续又是对消费的重复。对诗人形象的传奇消费，从表面来看是市场需要，从深层来看，折射的却是一种文化不自信心理，更暴露出华语电影的某些创作短板。试想一下：如果没有夸张的剧情、戏剧性的情节，电影会如何展开？抛却这些外在的叙事依傍，电影的思想、情感将如何通过美学的方式呈现，而观众的接受态度又会是什么？对此，陈旭光早已一针见血地指出："中国电影长期以来是情节剧传统，故事、对话、主题等文学性要素的重要性远高于影像本身。"[2] 贾樟柯更是结合实际经验谈道："有些人一拍电影便要寻找传奇，便要搞那么多悲欢离合、大喜大悲，好像只有这些东西才应该是电影去表现的。而面对复杂的现实社会时，又慌了手脚，迷迷糊糊拍了那么多幼稚童话。"[3] 结合《顾城别恋》《萧红》等影片，不难理解这一点。对传奇性的刻意追求，在很大程度上夸张、扭曲了诗人的形象，还带来另一个问题，即伤害以影像为本体的电影语法表达，将电影的呈现仅仅停留在叙事层面；而叙事，并非电影的专利，单靠叙事是无法凸显电影的特质的。

电影形象的产生是一个复杂的过程。Б•日丹认为，"电影的艺术形象，同任何一种艺术的形象一样，不是单义的。它绝不仅限于已经确定的形态和它本身的表现力。透过它的具体内容，我们总能看到或感觉到比它用语言表达出来的，或者用动作直接展示出来的还要多的东西，否则的话，我们对它的内容的概念就会十分贫乏了"[4]。而"在华语电影中，对诗人的误读甚至是消费，显然是带有某种野蛮的性质的。数千年来，中国被称为诗歌的国度，却也有着对诗人最深的敌意"[5]。在竞争越来越激烈的电影市场中，如何透析诗人的本质属性，理解其写作身份及其写作在文学史和当代语境中的位置与价值，是华语电影要补的一门功课。或许，华语电影未来的发展中也会伴随着对诗人形象的重构，这种重构绝不只是刻板的印象、纯粹的消费，而是一种灵活的理解。

---

[1]《电影〈诗人〉，讲述特定年代的向往和梦想的破灭》，好奇心日报，2018年9月30日，https://baijiahao.baidu.com/s?id=1612994706579390255&wfr=spider&for=pc。
[2] 陈旭光，《艺术的本体与维度》，北京：北京大学出版社，2017年，第272—273页。
[3] 贾樟柯，《贾想1》，北京：台海出版社，2017年，第28页。
[4] Б•日丹，《影片的美学》，于培才译，北京：中国电影出版社，1992年，第107页。
[5] 赵俊，《漫谈电影中的诗人形象》，《江南》，2018年第3期。

图书在版编目（CIP）数据

汉诗·行行重行行/张执浩主编.--武汉：长江文艺出版社，2021.4
ISBN 978-7-5702-2045-8

Ⅰ.①汉… Ⅱ.①张… Ⅲ.①诗集－中国－当代 Ⅳ.①I227

中国版本图书馆CIP数据核字(2021)第044437号

责任编辑：王成晨		责任校对：毛　娟	
封面设计：祁泽娟		责任印制：邱　莉　王光兴	

出版：长江出版传媒　长江文艺出版社
地址：武汉市雄楚大街268号　邮编：430070
发行：长江文艺出版社
http://www.cjlap.com
印刷：武汉新鸿业印务有限公司

开本：720毫米×1020毫米　1/16　印张：16.5
版次：2021年4月第1版　2021年4月第1次印刷
行数：8192行

定价：36.00元

版权所有，盗版必究（举报电话：027—87679308　87679310）
（图书出现印装问题，本社负责调换）